夫は泥棒、妻は刑事 4

盗みに追いつく泥棒なし

赤 川 次 郎

徳 間 書 店

目次

暑さ寒さもひがんでる

1

淳一《じゅんいち》は、帰宅すると居間へ入ったが、

「おい、帰ったぜ」

と言い終らない内に、目をむいた。「おい、どうしたんだ、この暑さは!」

暖房のガンガン入った特売場にでも入りこんだような、ムッとする暑さなのである。

「あら、お帰りなさい」

と、ソファで引っくり返っていた真弓《まゆみ》が、起き上がって言った。「暑い?」

「当り前だ! お前はそうやってネグリジェ一つだからいいだろうが、こっちは上衣《うわぎ》を着てるんだぞ」

「エアコンの故障なのよ」

「じゃ、すぐ電気屋を呼んだらどうだ？」

「今、夜中よ」

確かに真弓の言う通り、深夜、十二時を回ったところである。

「じゃ、せめて、戸を開けるとか……」

「私のこの格好を、誰《だれ》かに覗《のぞ》かれてもいいって言うの？」

と、真弓の指が、薄いネグリジェをつまみ上げる。

「分かったよ。しかし――」

淳一は上衣を脱いで投げ出すと、「何もこんな暑い部屋にいなくたっていいじゃないか」

「あら、こういう所だって、工夫次第では涼しくなるのよ」

「うかがいたいね、その工夫ってやつを」

「一つ、服を脱げば、涼しくなるわ。それは分かるでしょ？」

「まあな」

「じゃ、私、脱ぐわ」

真弓はさっさとネグリジェを脱ぎ捨てた。「第二に、暖かい空気は上に行く。これも分かるでしょ?」

「ああ」

「だから、低い所ほど涼しいわけ。一番低い所っていえば――」

「地下鉄のレールだ」

「この居間の中でよ! つまり、床の上」

真弓はカーペットの上に横になった。「ほら、あなたも真似《まね》してみたら?」

淳一は、ため息をついた。とんだ故障もあったもんだ。

「分かったよ」

と、淳一は苦笑して、「涼しいわりには、汗をかきそうだな」

「あら、汗をかくと体の熱を奪って、体温が下がって――」

「物理の授業はそこまでだ」

その後、二人は同じ物理学でも「接触」の方の実習に移ったのだった。

もちろん、この淳一は名泥棒の今野《こんの》淳一、真弓は、その妻で名刑事……の今野真弓である(「……」は、一瞬のためらいを表している)。

さて――シャワーを浴びて戻って来ると、二人はのんびりとソファで寛《くつろ》いだ。

「エアコンは直ったようじゃねえか」

と、淳一は言った。

「そうね。さっき私がキッとにらんでやったら、『すみません』って謝ってたわ」

真弓は涼しい顔で言った。

「今度故障したときは俺がにらんでやろう」

「私がウインクしてやるわよ」

「どうして？」

「オーバーヒートして爆発するかもね」

「まさか」

と、淳一は言って、「おい、玄関に誰か来たようだぜ」

「何も鳴ってないわよ」

と真弓が言ったとたん、玄関のチャイムが鳴った。「――びっくりした！」

「泥棒は鋭い耳を持ってるんだ。ついでに、一種の予知能力もな。あれはきっと、警視庁捜査一課第一のホープ、道田《みちだ》刑事だ」

「第二よ」

と、真弓は訂正して、立ち上がった。

もちろん第一は自分だと思っているのである。

玄関の方へ歩いて行くと、

「真弓さん！ 事件です！」

と、確かに道田刑事の声である。

「へえ、あの人、超能力の持主なのね」

真弓は感心して首を振った。実際はどうということもないので、真弓より先にバスルームを出た淳一が、道田から、すぐこっちへ向かうという電話を受けていたのである。

「殺されたのは、誰ですって？」

真弓は、思わず訊《き》き返していた。

舞台は既に移ってパトカーの中。もちろん真弓もネグリジェではなく、パンツスーツに着替えている。

「内沢洋介《うちざわようすけ》とかいう役者です。きっとその辺の小さな劇団にでも入ってるんでしょう」

と、道田が手帳を見直しながら、言った。

「内沢洋介？ それ、もしかして、急に人気の出て来た若い人じゃないの？ ほら、朝の連続TVドラマで」

「そうですか？　僕は知りませんけど……。真弓さん、よく朝のそんな時間にTVなんか見られますねえ。さすがに主婦ともなると違うなあ」

「あら、私はお昼の再放送を見るのよ」

と、真弓は仕事をさぼっていることを平然と認めた。

「でも、そんな人気のある役者だと、大変ですね。きっと色々恨みつらみが――」

「そうね。でも、やっと知られ始めたってところだし、まだそうお金もないでしょう」

「CMにでも出ないと金にはならないんですね、きっと」

道田は分かったような顔で肯《うなず》いた。「ああいうドラマの出演料っていくらぐらいなんでしょうね？」

「大したことないんじゃない？　そりゃ、よほどの大スターならともかく」

「そうか……」

「道田君、何を考え込んでるの？」

「いえ、もしTV局の人がスカウトに来た場合、刑事とどっちの方が給料がいいかと思って……」

時々道田君は不要な苦悩でエネルギーを浪費するくせがあるんだわ、と真弓は考えた。

そんなことをしている内に、パトカーが現場へ着いてしまい、結局、真弓は被害者の名前しか聞かなかったのだった。

「——ここが現場?」

パトカーを降りて、真弓は戸惑った。——そこは、どこだかのプレハブ住宅メーカーの研究所前だったのである。

じゃ、内沢洋介ってのも、ただ同姓同名というだけの、別人かもしれない。でも、役者だというし……。

しかし、役者がどうして、こんな所で殺されるんだろう?

もしかしたら、道田が現場を間違えたんじゃないかと思ったが、パトカーのサイレンを聞いたらしい警官が駆けて来るところを見ると、満更間違いでもないようだ。

「——現場は?」

と、真弓は訊いた。

「こちらです。ご案内します」

と、警官が先に立って歩いて行く。

真夜中の研究所というのも、あんまり気持のいいものではない。ともかく人がいない（当り前だが）。

そして、この研究所というやつ、門構えなどはそうでもないのに、中がやたらと広いのである。四角い白い建物が立ち並ぶ間を抜けて行くと、背の高い、一見、飛行機の格納庫みたいな建物が目に入った。

その前にパトカーが二、三台停《とま》っているところを見ると、どうやらそこが現場らしい。いずれにしても、あまり役者とは縁のなさそうな場所である。

「──あ、矢島《やじま》さん」

と、真弓は、顔なじみの検死官の姿を見付けて、声をかけた。

「何だ、若奥さんのご出馬か」

矢島は、いつもながらの、人の好さそうな笑顔を見せた。死体を前にしても、たいていニコニコしているという変った人物である。

「もう死体を？」

「うん。ちょっと鞄《かばん》を取りに戻ったんだ。──あんまり面白いもんじゃないな。男の裸では」

「まあ、裸なんですか？」

「パンツははいとるがな」

「そうですか」

と、真弓は息をついた。

安心したのかガッカリしたのかは、読者の想像に任せることにしたい。

その建物の片隅の小さなドアから中へ入った真弓は、

「まあ！」

と、思わず声を上げたまま、足を止めた。

もっとも、すぐに道田が中へ入って来て追突したので、その状態は長く続かなかった。

「――これ、何なの？」

真弓が目をパチクリさせたのも道理で、そこには一軒の家が――二階建の、完全な家が、建っていたのである。

「ここは耐久性実験室です」

と、声があった。

振り向くと、いかにもビジネスマンという格好の、パリッとした背広姿の男性がやって来るところだった。

「私、販売課の大山《おおやま》と申します」

スッと手品のような手つきで、名刺が出て来る。名刺には〈係長〉とあった。

それにしては若い。二十七、八というところだろう。なかなかいい男だわ、と真弓は仕事を離れて、そう思った。でも、やっぱり、うちの主人の方がいいけど……。

「ここは、当社で製造しておりますプレハブ住宅の耐久性を調べる実験室なのです」

と、大山は、スッポリと、倉庫みたいな建物に納まった家を手で示して、言った。

「天井や周囲にパイプなんかが通っておりますでしょう？　あれを使って、雨や雪、四十度の猛暑から、零下三十度の酷寒の状態まで、ここで作り出すことができます」

「ああ、なるほど」

真弓も、ＴＶの何かの番組で、こういう所を見た記憶があった。

「この裏側には、巨大な扇風機が三基、備えてありまして、風速六十メートルの台風も再現できます」

と、大山は付け加えた。

「へえ、大したもんですね」

真弓は感心してから、ハッと我に返り、「現場は？　ここ、殺人現場なんでしょ？」

と言った。

——現場はその「家」の中だった。

プレハブといっても、昔のような「急ごしらえ」のイメージとは程遠く、がっちりとしていて、モダンな住宅である。玄関から上がって、真弓は、中がちゃんと普通の住宅のように、内装も施され、家具まで、なかなかいいものが置いてあるのに感心した。

特に居間のサイドボードは気に入って、よほど「証拠品」だと言って、持って帰ろうかと思ったくらいである。

それはともかく……。死体は、その居間の真中にあった。

「やっぱり」

と、真弓は、その顔を見て肯いた。「あの内沢洋介だわ」

「何だ、知り合いか」

と、矢島が言った。

「TVに出てる役者ですよ」

「役者か。それにしちゃ冴《さ》えない顔をしとる」

そりゃ、死ぬときまで役者らしい顔はできないだろう。

内沢洋介は、パンツ一枚という格好で、仰向《あおむ》けに倒れていたが、見たところ、外傷らしいものもないようだった。

「この人、死因は?」

「うむ。——どうやら心臓発作らしいぞ」

「心臓? じゃ、殺人じゃないんですか?」

「誰かが無理に心臓を止めてやりゃ、立派な人殺しだろ」

「無理に?」

「事情をご説明しましょう」

と、大山が言った。「私と——そう、あの人とで、たぶんご説明できると思います」

真弓は、居間の隅に、壁にもたれて立っている女性に、初めて気付いた。

ちょっとくたびれた感じのジャンパーに、ジーパンという服装。髪が長く、腰の辺りまで垂れている。

たぶん二十代の初めというところだろうが、どことなく生活に疲れたような、けだるい表情をしていた。しかし、顔が青白いのを除けば、なかなか魅力的な女性である。

もちろん、真弓は、私ほどじゃないけど、と心の中で付け加えた。

大山に促《うなが》されて、その若い女は、やっと我に返った様子だった。

「——内沢さんの奥さんですよ」

と、大山が紹介したので、真弓はびっくりした。

「まあ、確か独身だって週刊誌では読んだけど——」

「劇団の仲間なんです。——あ、失礼しました。圭子《けいこ》と申します」

見かけとは裏腹に、その女は、きちっとした挨拶《あいさつ》をした。真弓は、あわてて、

「ど、どうも。今野真弓と申します」

と頭を下げたりしている。

「いや、あのドラマに出るときにマネージャーが、彼を独身ということにしておいた方がいいと言い出しましてね」

と、大山が言った。「まさかこんなに人気が出るとは、思ってもいなかったんですね」

「私たち、半年前に結婚したばかりなんです」

と、内沢圭子が言った。

「お気の毒でした」

と、真弓は言って、「それで——こんなときにすみませんが、こうなった事情を……」

「分かりました」

大山は肯いた。「実は――私は内沢君とは大学が同じで、一時、演劇部にいたこともありまして、ずっと付き合っていたんです。このところ、彼もＴＶに出て人気が出ていたので喜んでいたんですが……」

「で、ここへは何のために？」

「三日前でしたか、内沢君から電話をもらいましてね。今度、ＴＶの単発ドラマに主演することになったと言うんです」

「あの連続ドラマの方では――」

と、圭子が言った。「主人は脇役《わきやく》なので、出番のない週もあるもんですから、その間を利用して、出てくれと言われたんです」

「それで、どうしてここに？」

真弓には、さっぱり呑《の》み込めない。

「実は彼の役というのが、一人で熱い砂漠に取り残されて、渇きと暑さに苦しみながら、さまよう男という設定だったんですよ。それで、私の所へ電話して来て、『確かお前の所には、凄《すご》い暑さを再現できる装置があるだろう』と言うんです。前にこの実験室のことを話したことがあって、それを思い出したようです」

「じゃ、それで……」

「ぜひ、本当に、凄い暑さというのを体験してみたい、と。それで、ここを使わせてくれと頼まれたんです」

「はあ……」

真弓は呆《あき》れた。——適当に汗でも拭《ぬぐ》って見せて、ああ暑い、とでも言ってりゃいいじゃないの、と思ったのだが、それではプロの役者とは言えないのかもしれない。

「本当にお芝居の好きな人なんです」

と、圭子が、すすり泣いた。「今死んでいるのも、お芝居なんじゃないか、って思えて……私……」

グス、グス、というすすり泣きの声が、どうも変な方向から聞こえて来ると思ったら……。真弓は、道田がもらい泣きしているのを見て、ため息をついたのだった。

2

「——何だ、それじゃ、殺人じゃないじゃないか」

と、TVを眺めながら、淳一が言った。

「ところが、そうじゃないの」

「ほう?」

「あの実験室の上の方に小さな部屋があってね、そこで、色々な装置を動かすようになってるの」

真弓も、ソファでリラックスしながら、言った。「大山って男と内沢圭子の二人は、そこに入ってたわけ。もちろんその前に、内沢洋介と一緒に、例の実験用のプレハブ住宅の中に入って、中を見たりはしたらしいけどね」

「で、内沢一人が残ったんだな」

「そう。内沢は暑くなるんだからって、居間でパンツ一つになって、お風呂《ふろ》場で――ちゃんと水も出るのよ――シャワーを浴びて、濡《ぬ》れたままだったわけよ」

「ふむ。それで?」

「大山と圭子が、操作室へ入り、暖房のスイッチを入れたの。分かる? こういう、部屋の中のエアコンじゃなくて、あの倉庫みたいな実験室全体がカーッと暑くなるわけよ」

「操作室の中は?」

「そこは完全に密閉してあるのよ。ガラス窓越しに、中の様子は見えるし、TVカメラで、室内の様子もモニターTVの画面に出るの。ここの出入口は、中から、細い階段を上がって入るのと、それから、直接、実験室の外へ出るドアもあるのよ」

「なるほど」

淳一の目はＴＶの方を見ている。

「大山が、スイッチを入れて、五、六分が過ぎたの。――おかしい、と気が付いたのは、圭子だったらしいわ」

「おかしいって？」

「内沢が横になったまま、動かないのよ。それで、大山に言って、スイッチを切り、操作室を出て、仰天したわけ」

「どうしてだ？」

「実験室の中は、もの凄く寒かったのよ」

淳一は、ゆっくりと肯いた。

「そういうことか。――パンツ一つで、しかも水をかぶって、そこへ一気に気温が下がったら……。どんな丈夫な心臓でもイカレちまうだろうな」

「そういうこと」

「殺人、と言うからには、つまり、スイッチの冷暖房の表示が入れかわってたんだな？」

「そうなのよ。大山も、事務系の人間で、この部屋へそう年中来てるわけじゃないから、分からなかった、と言ってるわ」

「頼りないな」

「大山当人も、会社から何言われるかって、頭かかえてたわ。無断で使ってたらしいから」

「なるほど」

淳一はTVから目を離さない。

「で、名刑事殿の勘では、誰がくさいんだ？」

「そうねえ。ともかく、あんまり殺す動機が見当らないのよね」

真弓は、困ったように首を振って、

「まあ差し当りは女房を疑うってのが常道だけど」

「そういうパターンに囚《とら》われてるから、日本の警察ってのはだめなんだ」

「悪かったわね」

「ほら、ちょうど葬式をやってる」

と、淳一がTVの方を顎《あご》でしゃくって見せた。

なるほど、内沢洋介の葬儀である。やはり、人気の出かかった矢先の死ということで、目をひくのだろう。

画面には、黒いスーツに身を包んだ、圭子の姿が出ていた。

「これが未亡人か？」

「そうよ。なかなか美人だって言いたいんでしょ」

「いや、お前ほどじゃない」

「分かってりゃいいのよ」

淳一も、真弓の扱いにかけてはさすが呑《の》み込んでいる。

「――待てよ」

と、淳一は眉《まゆ》を寄せた。

「どうしたの？」

「この女、どこかで見たことがあるぞ」

「昔の恋人？」

「そんなんじゃねえが……。どうも見覚えがあるんだ」

「人の記憶なんて、当てにならないもんよ」

「お前とは違うぞ。泥棒はな、抜群の記憶力を必要とするんだ」

「刑事だってそうよ。手配写真の顔を覚えなきゃいけないんだから」

「その割にゃ、いつか、歌手のポスターを見て凶悪犯だとわめいたことがあったぜ」

「少し酔ってたのよ」

と、真弓は平気な顔で言った。

「そうか！」

淳一は指を鳴らした。「思い出したぞ！」

「知り合いなの？」

「こっちは知ってるが、向うは知らねえ」

「つまり、どういうこと？」

「つまり、ちょっと出かけてくるってことだ」

淳一は、アッという間に仕度をすると、さっさと出かけてしまった。

真弓は唖然《あぜん》として、

「忙しい人だわ、全く」

と呟《つぶや》いた。

本当なら、殺人事件の捜査に当っている真弓の方が、ずっと忙しいはずなのである。

「私も何か予定があったわね……」

と首をかしげていた真弓は、玄関に、

「真弓さん！　お迎えに来ました！」

という道田の、張り切った声で、やっと思い出した。

「そうだわ。聞き込みに行くんだった！」

その老人は、広い芝生の真中に、車椅子《いす》で、ポツンと座っていた。

ただ一人の老人のためには、ずいぶん広すぎる庭だったが、仕方がない。ここは、この老人の家の庭なのだから。

午後の陽射《ひざ》しに、すっかり白髪になったその老人は、快く身を委《ゆだ》ねている風だった。

背後には、何ともぜいたくに土地を使った平屋の邸宅が、大きく広がっている。

車椅子のわきには、飲物や、ちょっとした菓子を盛った器をのせてあるワゴンが並んでいて、いつでも使用人を呼ぶことのできる無線のインタホンもセットされていた。

ウトウトとまどろんでいた老人は、ふと目を開いた。——誰かが芝生を踏んでやって来る。

しかし、使用人ではない。大体、その男は屋敷の方でなく、高さ三メートルもある、防犯設備の整った塀の方からやって来たのだ。

老人はインタホンの方へ手を伸しかけた。

「待って下さいよ」

と、その男が軽い調子で声をかけた。「あの塀を平気で乗り越えて来られるのは誰だか分からないんですか？」

老人は、目をまぶしげにしばたたいた。それから、ゆっくりと、笑みがそのしわの深い顔に広がって行った。

「君か！」

「お久しぶりです」

と淳一は言った。「相変らずお元気そうで——と言いたいところですが」

「お世辞は君には似合わんよ」

と、老人は笑った。「何か適当にやってくれ」

「どうも。しかし、今日は仕事の話でうかがったんです」

淳一はワゴンに軽く身をもたせかけた。

「ほう？　私の所に、そんな値打ものがまだあったかな？」

「なかったものです」

「というと？」

老人はいぶかしげに訊いた。

この老人の名は——松永敬一郎《まつながけいいちろう》。もう七十代も後半である。

ほんの十年ほど前までは、現役の財界人だったが、一人息子を事故で亡くしてから、すっかり老け込み、引退してしまった。

淳一がこの松永を知ったのは、ここに一度盗みに入ってからのことである。妙な話だが、淳一は、この屋敷の、趣味のいい造りにすっかり魅せられて、中を見物して回っている内、この老人とひょっこり顔を合わせてしまったのだった。

普通なら一一〇番騒ぎになるところだが、そこは大物同士——もっとも、真弓に言わせると「変り者同士よ」ということだが——で、二人は奇妙に気が合って、翌日、淳一は首をひねる使用人たちに軽く会釈して帰って行ったのである。

「この前、あなたがお話しになっていた、お孫さんのことですよ」

と、淳一は言った。

「圭子か。——今はどこでどうしているのやら」

松永は呟くように言ってから、「君は——まさか——」

と、淳一の顔を見た。

淳一が、ゆっくりと肯いて見せると、松永の顔が紅潮した。

「見付けたのか？　本当に？」

「間違いありません。見せていただいた写真は三年前のものでしたね」

「あの子がいなくなる直前のものだ」

「今、二十一歳。——そう、確かにお孫さんですよ」

「そうか！——無事だったのか」

松永の手は、興奮のせいか、少し震えていた。「で、あの娘《こ》は何をしている？」

「今、未亡人です」

「というと——結婚していたのか」

「そこが気になって、こうしてうかがったんですよ。結婚していた相手が殺されたんです。犯人は分かっていません」

「何だって？」

「その当人への恨みが動機ならともかく、もし、犯人があなたと圭子さんの関係を知っていたとすると……」

「私の財産を相続するからか」

「考えられるでしょう」

「大いにな」

と、松永は肯いた。

「あなたは、圭子さんの意志を尊重して、彼女を捜させなかった。しかし、金さえ使えば、見付けることは不可能ではありません。もし誰かが――」

淳一は言葉を切った。ワゴンの上のインタホンが鳴ったのである。

「河村様《かわむら》がおみえです」

と声がした。

「よし。居間へ通しておいてくれ」

松永は、淳一を見て、「そういうことをやりそうな奴《やつ》がやって来たぞ」と言った。

・

「ご機嫌うるわしゅう」

と、河村が深々と頭を下げると、松永は苛々《いらいら》したように手を振った。

「ちっともうるわしくないことぐらい分かっとる！　用件を言ってくれ」

「圭子様を見付けました」

河村は、五十五、六の、頭の切れそうなタイプの男である。

松永の持っていた会社のいくつかを継いで経営者として腕を振《ふる》っているのだが、松永に比べると、いかにも「小物」という印象は拭えないのだった。

「そうか。残念だったな」

と、松永は言った。

「とおっしゃいますと？」

「君は一応、私の従弟《いとこ》だ。私が死ねば、この財産は君に回る。しかし、圭子がいれば、そうはいかない」

「そんなことを――」

と、河村は、わざとらしい笑顔を作った。「私は今のままで、十二分に報《むく》われていると思っております」

「そうか。――では、圭子に話をして、ここへ連れ帰ってくれ」

「もちろん、そのつもりです。どこだかの劇団に入っておられたようですが……」

河村が言いかけたとき、居間のドアが開いた。――しばらくの間、誰も口をきかなかった。松永がホッと息をついたのは、一分もたってからだった。

「圭子か！」

「ただいま、おじいさま」

圭子が、黒いスーツで入って来ると、松永の方へと歩いて来た。

「よく顔を見せてくれ。――少し悲しそうだな」

「夫を亡くしたばかりですもの」

「そうか。気の毒なことをしたな」

と、松永が言うと、突然、圭子は声を上げて笑い出した。

「――とぼけないで！　分かってるんだから！　おじいさまがやらせたことでしょう！」

「何だと？」

「私を連れ戻すために。目的のためには手段を選ばないのが、金持のやり方ですものね」

「それは違うぞ。私は――」

「ごまかしたってだめ。残念ながら、私はここに戻る気はないわ」

圭子は、強い口調で言った。

「どこへ行く気だ？」

「待っててくれる人がいるの。その人の所よ」

「男か？　未亡人になったばかりで？」

「悪い？　すぐには結婚できないけど、可能になり次第一緒になるわ。大山って人よ。それだけ言いに来たの。――あら、河村さん、あなたもいたの？」

わざと無視していたのだ。河村は、それでも、立って丁重に、

「元気でなによりだね」

と言った。

「ご心配なく。私、ここの財産なんか継ぐ気はないわ。お金なんて、欲しくもない」

と、嫌悪の表情で言った。

「それは、金のある人間の言うことだな」

と、河村は冷ややかに言った。

「あら、そうかしら？　でも、大山さんも、私のお金なんか、ほしくもないってよ」

「――その通りです」

ドアから、大山が入って来た。「失礼します。大山和夫《かずお》と申します」

大山が頭を下げていると、いきなり、またドアが開いた。ドアがもろに尻《しり》にぶつかって、大山はつんのめって、床に四つん這《ば》いになってしまった。

「あ、失礼！」

と、入って来たのは……。「私、警視庁捜査一課の今野と申します。こちらが道田刑事。――あれ？」

真弓は後ろを振り向いて、誰もいないので目をパチクリさせた。

「道田君！――道田君！　どこにいるのよ！」

「おい、こういうお屋敷じゃ、大声は出さないもんだぜ」

道田の代りにヒョイと顔を出したのは、淳一だった。

「あなた！――こんな所で何してんのよ？」

真弓が呆れ顔で言った。そこへ道田がハアハア息を切らしつつ、やって来る。

「すみません！　トイレを借りたら、方向が分かんなくなって。いや、広い家ですね。しかも二階がないってんだから……。あれ？」

道田は淳一を見て、それから部屋の中を見回した。「――何だか、いやに人が大勢いますね。こんなに沢山部屋があるのに……」

3

「分かってるなら、教えてくれりゃいいじゃないの！」

パトカーの中で、真弓は淳一にかみついた。

「落ちつけよ。ともかく、全員がああして顔を揃《そろ》えたんだ。分かりやすくていいじゃないか」

「小説じゃあるまいし、『登場人物一覧』なんて……」

「それにしても、お前もずいぶん早く駆けつけたもんだな」

「違うのよ。あの未亡人の話を聞こうと思って、住んでたアパートの前まで行ったら、大山と二人で出かけるところだったの。だから、それを尾行していったのよ」

「そうか。しかし、むだじゃなかった、ってわけだな」

「事件の解決には役立たないわ。誰が犯人なのかしら？」

「あの中の一人だろうな」

「今日、部屋にいた連中？」

「そうさ」

「じゃ、適当に石でも投げて――」

「そんな雑な捜査があるか」

「だって、いた人間といえば……まず未亡人の圭子。これは分かるわね。大山とできてたのかもしれない。共犯ってことね」

「単純に考えるとそうなる」

「じゃ、あなたはそう思わないの？」

「殺した亭主の葬式の当日に、あんな風に大山と再婚するなんて発表すると思うか？」

「それに大山って奴はかなり計算高いぞ。圭子が財産を放り出すのを黙って見てるとは思えない」

「あ、そうか」

「じゃ、河村とかいう男？　何となくうさんくさいわね」

「あいつにしてみれば、圭子が財産を継ぐのは邪魔したかったろう。動機はある」

「それなら圭子を殺すんじゃない？」

「いや、それでは自分が疑われる。それより、内沢を殺して、圭子がやけになるのを当てこんだとしても納得がいく」

「そうか。——すると、河村が第一の候補、と」

真弓は肯きながら言った。

「もう一人いるぜ」

「え？」

「松永敬一郎だ」

「どうして？　だって……」

と言いかけて、「そうね。夫が死ねば、圭子が戻って来ると思った……」

「あれだけの金持だ。その気になりゃ、圭子の居場所なんて、三日で捜し出せる」

話を聞いていた道田が、

「凄《すご》いですねえ」

と感心した。「僕も捜してもらおうかな」

「お嫁さんでも捜すの？」

「いえ、子供のころ可愛《かわい》がってたコロって犬が、突然いなくなりましてね。もうあれから二十年……」

真弓は相手にしないことにした。

「――用心することだな」

と、淳一が言った。

「あら、何を？」

「決ってるじゃないか。大山と内沢圭子だ。――いや、もう松永圭子と呼ぶかな」

「二人が狙《ねら》われる？」

「うん。まあ、当の二人が犯人って場合はともかく、河村か松永が犯人だとすると……」

「でもあなた、あのおじいちゃんとは親しいんでしょ？」

「それは別だ。いいか、捜査ってのは、時に非情なものなんだぞ」

泥棒が刑事に教えてりゃ世話はない。――淳一は、少し間を置いてから、

「そうだ、例の実験室の方だが、指紋とかは出なかったのか？」

「あ、いけない。訊くの忘れてたわ」

淳一は、泥棒を引退したら、刑事になろうと改めて決心した。泥棒は油断すれば逮捕されてしまうが、刑事が油断しても、誰も逮捕しない（当り前だ）。

「俺も一度見てみたいな」

「何を？」

「その実験室とやらだ」

淳一は、のんびりと言った。

「――風速四十メートル」

グォーッという、野獣の叫びに近い音がして、猛烈な風が吹きつける。

「雨を加えましょう」

と、係の男が言った。「暴風雨。最大級の台風のど真中ってところです」

とたんに、雨が横なぐりに叩《たた》きつけ始めた。降っているなんて、生やさしいものではない。

「上下が横になったみたいですね」

と、見ていた道田が変な感想を述べた。

「よく、あの家、壊れないわね」

と、真弓が感心すると、

「その研究をしているんですからね」

と、係の男にジロッとにらまれてしまった。

「ふーん、こいつは大したもんだ」

と、淳一は首を振って呟いた。

「雨不足のときは、この装置を空へ運んだらいいでしょうね」

と道田が言ったが、誰もが聞こえないふりをした……。

もちろん、淳一たちは、操作室の中から、その様子を見ていたのである。

「外へ出ましょう」

と、大山が促した。

直接外へ出るドアを開けると、そこからは鉄の非常階段のようなものが、地上までつづいていた。

「表が晴れてるのが、何だか妙な感じね」

と、真弓は言った。

「――犯人の目星はついたんでしょうか」

と、下へ降りて歩きながら、大山が訊いた。

「今のところ、何人かに絞ってるわ」

「じゃ、見通しはあるわけですね！――良かった」

と、大山はホッと息をつく。「いや、あれが事故だったという可能性がある限り、僕の責任ってことになりかねないわけですからね。僕が言い逃れしてると思ってる奴もいるんです」

「そうなるとクビかい？」

と、淳一が言った。

「ええ、クビにならなくても、ジワジワと追い出されますよ」

大山は苦笑して、「今はこの業界も不況ですからね」

「そんな状態で、よく彼女と結婚する決心をしたもんだね」

「圭子さんですか？　そりゃあ……。いざ、そうなったら、何とかしますよ。彼女はやっぱり金持のお嬢さんなので、誰かが支えていないとだめなんです」

「なるほど。君は、彼女が財産の相続を放棄しても構わないと思ってるのかい？」

真弓はチラッと淳一を見た。──馬鹿《ばか》ね、そんなこと、まともな返事するはずがないじゃないの、という目つきである。

淳一の方は、そいつは、聞いてみないと分からないぜ、という目つきで答える。

愛し合っている夫婦というのは、目つきだけで、これぐらいの会話はこなしてしまう。もちろん、〈小づかいくれないか?〉〈どこにそんなお金があるの?〉という程度なら、一般の夫婦でも通じるようだが。

「そのことは、また、少し彼女が落ちついてから、ゆっくり話し合うつもりです」

と、大山は考えながら言った。「──ああ、そこが喫茶室になってるんです。コーヒーでもいかがですか」

断る理由もないので、真弓たちは、ちょっと大学の学生食堂を思わせる白い建物へと入って行った。昼食時でもないので、がら空きである。

「ここは、突然雨なんか降らないでしょうね」

と、道田が言った。

「もちろん、僕自身は何としてでも、彼女を養って行くつもりです」

コーヒーを一口飲んでから、大山が言った。道田の発言は、全く無視されているのである。

「しかし、彼女自身、自分じゃ、あの松永家から出て来た気でいるんですが、本当の貧乏なんて経験したことがないわけですからね。彼女のためにも、少しは財産を分けてもらう方がいいと思うんです」

調子がいい、と真弓は思ったが、しかし、大山の言葉にも一理あることは認めなければならなかった。実際、金持の家に生れ、育てば、貧乏というものなど、分かるはずがない。

「あなたと圭子さんとは、内沢さんの死ぬ前から、愛し合ってたの?」

と、真弓は訊いた。

「いや、僕の片思いでしたよ。今だって——きっと彼女にしてみれば、僕は内沢の代用品じゃないのかな」

大山は苦笑して、コーヒーをゆっくりと飲み干した。「もう一杯もらおう。ゆうべ寝不足でしてね」

「あの実験室の中の家は、ずっと同じものじゃないんでしょうね」

と、道田が言った。「取りかえるときに、前のを安く売ってくれないかなあ」

大山は、もう一杯、コーヒーを持って戻って来た。セルフサービスなのである。

「しかし、不思議だな」

と、淳一が言った。「内沢洋介って役者、今はともかく、つい最近まで、全然売れてなかったんだろう？　一緒に暮してて、よく圭子が文句を言わなかったもんだ」

「それは僕もよく考えました。あの二人、結構、のんびりした暮しをしてましたからね。よく金があるもんだな、って。――きっと、彼女があの松永って人から送金してもらってるんだろうな、って思ってたんです」

「確かめてみたのかね？」

「いいえ。まだ、そんなことを訊くような雰囲気じゃないもんで……」

と、大山が、コーヒーカップを持ち上げる。

「おい、君の名前を誰か呼んだみたいだぞ」

と淳一が言った。

「え？　そうですか？　表かな」

大山は、ちょっと外へ顔を出してみて、すぐ戻って来た。

「誰もいないか？　いや、失礼。聞き間違えたらしい」

淳一は謝った。

「いいえ、とんでもない。――じゃ、僕は仕事がありますので」

大山は、足早に出て行った。真弓が淳一の方へ、

「あなた、大丈夫？　幻聴ってのはノイローゼの徴候なのよ」

と、身を乗り出す。

「このコーヒーを調べてみろ」

と、淳一が、自分の前のカップを、真弓の方へ押しやった。

「あなたのに毒でも入ってるの？」

「これは大山のだ。今、俺がすりかえた」

「まあ。でも、どうして――」

「誰か白い服を着た奴が、走って行くのがチラッと見えたんだ。用心に越したことはない」

「分かったわ」

真弓は肯いた。「道田君、じゃ、このコーヒー、持って行ってね」

「コーヒーを……ですか？」

「証拠品よ」

「しかし――どうやって？」

「ポケットにでも入れれば？」

真弓は無責任に言った。「じゃ、先に行くわね」

と、さっさと出て行ってしまう。

淳一は道田の肩を軽く叩いて、

「いい上役を持つと幸せだな」

と言うと、真弓を追って出て行った。


淳一は、とあるラブホテルの前に陣取っていた。

夜——もう真夜中に近い時刻である。

もちろん、陣取るといったって、そう目立つ所に突っ立っていたわけではない。何しろホテルの前に淳一がいるというだけで、真弓が知ったら、カーッとなって発砲しかねないのだから。

こういう「張込み」は、どっちかというと、刑事の方の仕事だが、泥棒だって、忍耐力は必要である。目指す家から人がいなくなるまで、何時間も、時には何日も待つことだってある。

しかし、幸い、今夜はそう待つ必要がなかった。——一時間ほどすると、見覚えのある車がホテルの中に入って行ったのである。

「来たな」

と、淳一は呟いた。

ホテルの裏手に回ると、大して高くない塀を、いとも軽々と乗り越える。

建物を見上げると、ちょうど、部屋の窓に明りがついたところだった。

ホテルの人間に、ちょっとつかませて、あの部屋に通すように、言っておいたのである。

しかし、盗聴マイクなどは仕掛けられない。万一、見付かったとき、ホテルの方が被害を受けるし、それに「違法行為」である（！）。

しかし、淳一としては、そんな面倒なことをするより、もっと手っ取り早い方法があったのだ。

――淳一は、その四階の窓を目指して、バルコニーわきの雨樋《あまどい》を上り始めた。

そういう仕事は超ベテランである。ほとんど音もたてずに、四階まで上った。

途中、三階の部屋では、少しカーテンが開いていて、中で奮戦している中年男と女子学生らしい娘の姿が見えたが、見物しているほどの時間も興味もなかった。

淳一は、四階のバルコニーへ、ヒョイと飛び移った。身を沈めて、中の反応をうかがう。

大丈夫だ。気付かれていない。

ガラス戸の換気用の小窓から、ちゃんと声は聞こえて来る。

「――運のいい奴だ」

と、男の声がした。「しかし、考えてみりゃ、しくじったかもしれんな。今下手にあいつを殺すと、それこそ、こっちが疑われないとも限らん」

その声は――河村である。

女の方は、シャワーでも浴びているのか、なかなか声が聞こえて来ない。

「もう少し時期を見ようじゃないか」

と、河村が続けた。「なに。あいつは、たとえ疑ったって、訴えるほどの度胸はないさ」

「だめよ」

女の声が、やっと伝わって来る。「危険だわ。早くやってしまわなくちゃ」

「――どうしてもかい？」

河村の方は、ためらっている様子だ。

「そう。どうしてもよ。危険は、一つでも少ない方がいいわ」

少し間があった。

「よし、分かった」

河村は、ため息をついた。「しかし、今度はやり方を考えないといかんな」

「事故に見えるようにするのよ」

「車か？」

「証拠が残るわ」

「それじゃ――」

「ゆっくり相談しましょ。――ベッドの中でね」

女の低い忍び笑い。

そして、明りがスッと弱くなった。

淳一は、数秒後には、雨樋を降り始めていた。

4

「僕は刑事で良かったです」

と、道田が、しみじみと言った。

「私もだわ」

真弓と道田が、刑事としての使命に燃えてこう言ったのなら、大変結構な話だが、残念ながらそうではなかった。

一日、大山の後をついて回って、サラリーマンがいかに辛《つら》い仕事かを、つくづく思い知らされたからなのである。

「お昼ご飯だって、たった五分で食べてたわよ」

「あれじゃ、胃が悪くなりますね」

「しかも、会う人ごとにペコペコ頭を下げて……」

「ストレスになるでしょうね」

「トイレに入っているときまで、ポケットベルで呼ばれるんですものね」

「便秘症になるんじゃないでしょうか」

「しかも、やっとここへ戻ったのが、もう九時！」

「寝不足でしょうね、きっと」

二人で、大山のカルテ作りをしている。

今、真弓たちは、あの研究所の中にいた。中、といっても、建物の中ではない。大山の入って行った建物の外、木の陰に入って見張っているのである。

「大山が犯人なんですかね？」

と、道田が言った。

「知らないわよ」

「でも――容疑者だから、見張ってるんでしょ?」

「たぶんね。うちの主人に訊いて。あの人が大山を監視しろって言ったんだから」

泥棒に指揮される刑事というのも珍しいだろう。

「出て来ませんね」

「何かまた仕事なんじゃないの」

「給料はいいんでしょうか?」

「私たちよりはいいんじゃない?」

「じゃ、やっぱり刑事の方が損かなあ」

道田は、かなり真剣に考え込んでいる。

「ちょっと!」

真弓は、道田をつついた。「出て来たわ」

――なるほど、大山が建物から出て来る。が、妙にあわてている様子だ。

「どうしたんでしょう?」

と道田が低い声で言った。

「私に分かるわけないでしょ」

「あれ？　門の方へ行きませんよ、あいつ」

真弓は、大山が急ぎ足で歩いて行くのを見送って、

「実験室へ行くんだわ！　さ、私たちも行きましょ」

と、道田を促した。

やはり、大山は、実験室の前で足を止めた。しばらくためらっている様子だったが、やがて思い切ったように、倉庫のような建物の中へ姿を消した。

「――入りましたね」

「そうね。どうする？」

「僕は真弓さんの言う通りにします」

「じゃ、私たちもそっと中へ入りましょ」

「傘はいりませんかね」

と、道田が不安気に言った……。

真弓は、小さなドアをそっと引いて、中へ入った。

明りが点《つ》いている。もちろん、今は雨も風もない。あの、プレハブ住宅があるだけだった。

どこにいるのか、大山の姿も、目に入らなかった。ドアが、ガシャン、と音をたて

て閉じたので、真弓は仰天した。

「道田君！　そっと閉めてよ」

「僕が閉めたんじゃないんですよ。自然に閉まったんです」

「自動ドアだった？」

と、真弓が首をかしげる。

「やあ、刑事さん」

音を聞きつけたらしい大山がやって来た。

「あ、どうも——」

真弓は、ちょっと照れ笑いをして、「こんな所で会うなんて偶然ね」

白々しいとはこのことである。

しかし、大山の方は、他《ほか》に気になることがあるようで、

「何だか変ですね。外へ出ましょう」

と言って、ドアを開けようとした。「——開かない！　こんなことって……」

「どうしたの？」

「中からは必ず開くはずなんです。それなのに……」

「道田君、一緒に！」

道田と大山が、二人で開けようとしたが、ドアは、わずかに動くだけで、とても開けるのは無理だった。

「畜生、どうなってるんだ！」

大山は首を振った。「外から、何か別の鍵《かぎ》をつけたんだ。──しかし、どうしてこんなことをしたのかな」

「あなた、なぜここへ？」

と、真弓は訊いた。

「伝言があったんです。彼女が、ここで待ってるからって」

「圭子さんが？」

「ええ。でも、どこにもいないんで、戻ろうかな、と思ったところです」

そのときだった。──ブーンという、かすかな音が、真弓の耳を捉《とら》えた。

「あれは？」

「モーターの音ですね」

「シューッて音も聞こえるわ」

「大変だ！」

大山の顔が青ざめた。

「どうしたの？」

が、大山が答えるまでもなく、真弓は、何が大変なのか、思い知らされることになった。

ゴーッという音と共に、凄い風が三人を壁に押し付けて来る。

「——真弓さん！」

「道田君！　しっかり——」

もう声も聞こえない。

次の瞬間、猛烈な雨が、三人めがけて叩きつけられて来た。

冷たい、なんてものじゃない。痛いのだ。

バシバシと当る雨は、まるで小さな鉄の玉みたいで、真弓は悲鳴を上げた。いや、上げているつもりだったが、全然、耳には達しなかった。

ともかく、どこかへ逃げたくても、風圧に押されて、身動きも取れず、豪雨と来ては——。

息が苦しくなって来た。呼吸ができないのだ。もちろん、目だって開けていられない。

ああ、ここで死ぬのかしら、と真弓は思った。——美人薄命って本当なんだわ！

もうだめだ、と思ったとき……。

急に、何もかもが止った。――雨も、風も、止《や》んでいる。

真弓は目をこすった。

「――助かったわ！」

と、真弓は言うなり、座り込んでしまった。

「参った！」

大山も、激しく喘《あえ》いでいる。

「どうなってるの？――道田君！」

真弓は、ずぶ濡れの体を、横に向けた。

道田は、何だか、その辺を這いずり回っている。

「カエルにでもなったつもりなのかしら」

と、真弓は呟いた。

「――おい！　大丈夫か」

と、声が響いた。

「あなた！」

真弓は目を見張った。

淳一が、操作室から降りて来るところだった。

「あなたがやったの？」

「馬鹿言え！　俺は、助けてやったんだぞ」

「怪しいもんだわ」

と、真弓は淳一をにらんだ。

「人を信じろよ」

「刑事は疑うのが商売なの」

「じゃ、犯人もほしくないのか？」

「犯人？　何の？」

「もちろん、内沢殺しのさ」

「いただくわ。どこにいるの？」

「操作室でのびてるよ」

真弓は、急いで細い階段を上がった。――操作室を覗き込んで、目を見張る。

床に倒れているのは、圭子だったのである。

「じゃ、河村と圭子が？」

「そうさ。内沢はそれを感づいていた。圭子としては、どうしても、松永家の財産がほしかったんだ」

真弓は風呂上がりだった。

「やっと生き返ったわ！」

と、バスローブ姿で、ソファに座る。「つまり、二十二歳になった時点で、圭子は結婚してなきゃいけなかったのね」

「それが相続の条件だった。ところが内沢が別れたいと言い出したんだ。それまでは、圭子の金が頼りだったが、今度は自分も人気が出て来たわけだからな」

「それで、片付けることにした……。でも、殺さなくても――」

「河村のことを、内沢は知ってたんだ。そのことを、松永にしゃべられたら、河村も圭子もおしまいさ」

「なるほどね」

「大体、圭子か大山以外の人間が、あんな所で、わざわざ内沢を殺すか？――圭子は、内沢の稽古《けいこ》熱心なのを知っているから、あそこで暑さを体験したら、とたきつけたに違いない。大山は利用されたわけだ」

「可哀《かわい》そうに。――でも、どうして今度は大山まで殺そうとしたの？」

「大山にしてみりゃ、自分は犯人じゃないんだから、圭子がやったと思うしかない。しかし、奴は絶対、口にしなかっただろうがな」

「結婚相手がいなくなるじゃないの」

「予定を変更したんだ。松永が自然に死ぬのを待たないことにな」

「殺すつもりだったの！」

「そうさ。もっとも、松永の方も、察してはいたようだ」

「というと？」

「ちゃんと、圭子が、どんな暮しをしているか調べさせてたのさ。当然だろう。知っていて、呼び戻そうとしなかったのは、圭子が、心を入れかえるかと期待してたからだ」

「圭子にお金をやってたのは、河村だったのね」

「そういうことだ。——あの老人には気の毒だった」

「こたえるでしょうね」

「財産は寄付するそうだ。一部を除いてな」

「一部って？」

「俺への謝礼」

「へえ」

真弓は、淳一の前に立つと、言った。「ねえ、その謝礼、私に寄付しない？」

「寄付してどうする？」

「これに着せる服を買うの」

と、真弓は、バスローブを脱いで——派手にクシャミをした。

朱に交わればシロくなる

1

「変だな……」

今野淳一は、首をひねった。

帰宅して、玄関を入ったとたん、どこかおかしい、と思ったのである。

もちろん、言うまでもなく淳一は人間国宝級の——といっても、誰も推薦《すいせん》してくれないだろうが——泥棒であり、その意味で、自宅に入ったとき、ワッと刑事が飛び出して来るということも、考えられないわけではない。

淳一は、油断なく、気配をうかがいながら上がり込んだが……。

「ワッ！」

と、刑事が飛び出して来て淳一に飛びかかった。

「おい！——何だよ！　何やって……」

淳一と刑事は、床の上でもみあっていたが——やがて静かになった。

淳一の手首にガチャリと手錠がかけられたわけでもなく、刑事がやられて息絶えた、わけでもない。

何しろ、飛びかかって来たのは、刑事とはいっても、淳一の女房、真弓だったからである。

この警視庁捜査一課のユニークな（としか言いようのない）刑事は、時として、意表をついたやり方で夫への愛情を示すことがあるのだった……。

で——愛情を「示し終った」二人は、立ち上がって息をつくと、

「ね、シャワー浴びましょ」

「うん……。服がしわくちゃだぜ」

「シャワーついでに、洗濯もしたら？」

「やめとくよ」

と、淳一は言った。「乾燥機に入るのは好きじゃないからな」

——シャワーを浴びて、二人は居間でくつろいだ。

「今夜は、あなたと同じベッドで寝られないの」

と、真弓が言い出す。

「そうかい」

「寂しいでしょうけど、我慢してね」

「別に俺は平気だぜ」

「あら、無理しちゃって」

「無理しちゃいない」

「分かってるわよ。ちゃんと顔に書いてあるわ」

「へえ。何て書いてある?」

「『今夜は寂しくて寝られそうもない』って」

「勝手に読むなよ」

「強がっちゃって。分かってるんだから――」

真弓はバスローブ姿で、淳一の方へにじり寄った。淳一はため息をついて、

「今、シャワーを浴びたばかりだぜ」

と言った。「それより、誰か客でも来る予定になってるのか?」

「そうなのよ」

真弓はつまらなそうな顔で、「遠縁の親戚《しんせき》の子をね、二、三日預からなくちゃいけないの」

「ふーん。どうしてここに預かることになったんだ?」

「受験なのよ。東京の高校を受けるって言うから、本当ならホテルにでも泊らせりゃいいと思うんだけど、お金がかかるでしょう。それで、うちへ、ってことになったの」

「なるほど。よく聞く話じゃねえか」

「それにしたって、こっちは子供の扱いなんて慣れてないのに、困っちゃうわよ。どうしたらいいのかしら?　ご飯には日の丸でも立てた方がいい?」

お子様ランチでも作るつもりらしい。

「高校受験といやあ中学三年生だろう。そうガキでもあるまい」

「中学生なんて、子供よ。少なくとも女らしいってとこまでは行ってないわ」

「何だ女の子か。何ていうんだ?」

「ええと――忘れちゃった」

ひどい親戚もあったもんだ。

「――おい」

淳一が、ふと水の音を聞きつけて、「シャワーが出っ放しになってるぜ」

「変ね、止めたはずなのに」

真弓は、立ち上がって、居間を出ようとドアを開け、キャッ、と声を上げた。

目の前に、女の子が立っていたのだ。──背は真弓とほとんど変らない。しかも、少しコロコロした感じのグラマーなのである。

しかし、もっとびっくりさせられたのは、女の子が、バスタオルを体に巻きつけただけの裸だったからで……。

「あ、こんにちは」

ポテッとした丸顔のその少女、ニッコリと笑うと、「汗かいちゃったんで、お風呂《ふろ》へ入ろうと思ったんですけど──まだご挨拶《あいさつ》してないの思い出して」

「あなた……」

「辻川文栄《つじかわふみえ》です」

と、女の子はちょっと頭を横へかしげた。

これが会釈《えしゃく》のつもりらしい。

「い、いらっしゃい……」

真弓も、ほとんど呆然《ぼうぜん》としている。

「まあ、その格好で世間話も何だろう」

と、淳一が言った。「ともかく風呂へ入って来いよ。その後でゆっくり話をしちゃどうだ?」

「はい!」

と、辻川文栄は元気良く答えた。「今野のおじさんですね。よろしくお願いします!」

「こちらこそ」

「——このバスタオル、お借りしてもいいですか?」

「え、ええ——どうぞ」

「じゃ、また後で」

「あの——荷物は?」

「玄関の上がり口に。あ、いいですよ。真弓おばさん。後で、自分で運びますから」

文栄は、サッサとバスルームの方へと歩いて行ってしまった。

真弓は、愕然《がくぜん》として、その「侵入者」の後ろ姿を見送っていた……。

道田刑事は、どうも仕事が手につかなかった。——二十五歳。捜査一課の若きホープとしては、真弓の部下たる幸福を、常に運命の女神に感謝している。

その道田、仕事が手につかないというのは、他に心配事があるからで、もっとも、それでも仕事ぶりはいつもとあまり変らなかったのである……。

「真弓さん」

と、道田は、ついに意を決して、席を立つと、いやにボンヤリと座り込んでいる真弓の方へやって来た。「真弓さん」

「――ああ、道田君」

と、真弓は、てんで気のない様子。

「あの――どうかしたんですか？」

「どうかした、って――誰が？」

「いえ……真弓さん、何だかお疲れのように見えたんで」

「そりゃそうよ。もうトシですからね」

「え？」

「私はもうおばさんなのよ。老人なの。道田君も、もっと若い人と組めば？　こんなお婆さんと組んだって面白くないでしょ」

あの辻川文栄の『真弓おばさん』の一言が、まだ応《こた》えているのである。立ち直れないのだった。

「と、とんでもない！」

道田はまたむきになって、「真弓さんの若々しさは、世界が認めてますよ」

と、オーバーな言い方をした。

「気をつかってくれてありがとう」

真弓は、微笑《ほほえ》んで、「ねえ、老眼鏡ってどこで売ってる？」

「真弓さん——」

「ああ、腰が痛い」

と、真弓は顔をしかめた。「神経痛だわ。老人ホームはどこがいいかしら……」

道田はただ呆然としているのだったが——そこへ電話が鳴り出した。

「真弓さん、電話が——」

「鳴ってる？　私、耳も遠くなったのかしら？」

真弓はため息をつきながら、受話器を取った。「——はい、老人ホーム——いえ、捜査一課のおばさんです」

「何をふざけとる？」

「あ、課長ですか。お久しぶりで」

毎日会っているのである。

「殺しだぞ。すぐ現場へ急行しろ」

「はあ……。で、現場は？」

真弓はメモを取ると、「――そうですねえ、少し休んでからでないと息切れがして――」

「早く行け！」

課長の声がでかくなった。「さもないとボーナスゼロだぞ！」

「お年寄をいじめていいんですか？」

真弓は真面目《まじめ》な顔で訊《き》き返した……。

――パトカーの中で、真弓は、メモを見直しながら、

「殺されたのは、中学三年生の男の子、か。中三っていくつかしら？」

「十……五歳ぐらいでしょう」

と、道田が言った。「いいお天気ですね」

時々、突如として関係のないことを言うくせがある。

「十五か。――十五で殺されちゃ、人生、丸損だわね」

「まだ子供ですものね」

「子供じゃないわよ」

と、真弓は急にふてくされた顔で、言い返した。「十五なんて、もうすっかり一人前よ。バストだって大きいし、色っぽいし……」

「男の子がですか？」

道田が目を丸くした。

「いいの。こっちの話」

と、真弓は外へ目をやった。

やがてパトカーが停《とま》ったのは、ちょっと洒落《しやれ》たマンションの前。

「ここの二〇三号室ですって」

「いい所に住んでますねえ。親が金持なんだな、きっと」

二人は、入口に立っている警官に手を上げて見せ、マンションの中へ入った。

二〇三号室には〈小池《こいけ》〉という表札がある。

「――やあ、若奥さん」

検死官は、顔なじみの矢島である。いつも真弓にそう呼びかけて来る。

「もう若くありません」

と、真弓もこだわって、「――被害者はどこ？」

「寝室だ」

マンションとしては、標準的な造り、といえるだろう。

寝室へ入ってびっくりしたのは、どう見ても夫婦用と思える広い部屋に、ベッド一つ。ちょっと小太りな少年が、パジャマ姿で、床に倒れている。

「ここ――この男の子の寝室だったのかしら？」

と、真弓は言った。

「そうらしいよ」

と、矢島が肯《うなず》く。

「じゃ――親はどこで寝てたんでしょうね」

「このマンション自体、この男の子が一人で住んどったらしいよ」

真弓は唖然《あぜん》とした。

そう大きくないといっても、間取りは２ＬＤＫ。しかも都心のいい場所にある。そう安いはずはない。

「――死因は？」

「馬にけられた」

「馬？」

と、真弓が目を丸くする。

「あれだ」

と、矢島が指さしたのは、重そうな、馬の置物だった。

床の上、倒れている少年から、二メートルほどの所に投げ出されている。

「かなり重いからな。そう力のない奴《やつ》でも、持ち上げて、後頭部へ叩《たた》きつければ殺せたろう」

「ひどいもんだわ」

真弓は顔をしかめた。「即死？」

「うん。後頭部の一撃で、アッという間だろう」

真弓は、うつ伏せになっていた死体を、仰向《あおむ》けにした。体は大きいが、顔は無邪気そうである。

十五歳か。——どうしてこんなマンションに一人で住んでたんだろう？

「真弓さん」

と道田が顔を出した。「この子の友達っていうのが来てるんですが」

「そう。行くわ」

真弓は、寝室を出た。——リビングとダイニングを兼ねた部屋のソファに、チョコンと座っていたのは……。

「まあ、文栄さん！」

真弓は目を丸くした。

「あら、真弓おばさん。こんな所に——」

と、文栄の方もびっくりしている様子。

「おいおい」

と、聞き憶《おぼ》えのある声がした。「その『おばさん』はよせよ、って言っただろう」

「あなた！」

淳一が、入口の所に立っていたのである。

「この子を、明日受験する高校まで案内してやったのさ」

「そう。——他にどこを案内したの？」

真弓は面白くない。何しろ、子供といっても、やたらグラマーで、しかも、真弓としても、なかなか可愛《かわい》いと認めざるを得ない顔をしているのである。

「他には、マクドナルドぐらいだな」

と、淳一は言った。「帰りにここへ寄ったってわけだ」

「あなた、このマンションの子の友達だったの？」

と、真弓は文栄に訊《き》いた。

「友達っていうか——同じ中学だったんです。でも、小池君は二年生のとき、受験するにはやっぱり東京へ出た方がいい、って両親の意見で、上京して来たんです」

「一人で住んでたの？」

「そうです。小池君のうち、お金持なんです。で、このマンションを買っちゃって、小池君、みんなに羨《うらや》ましがられてました」

「僕も羨ましい」

と、聞いていた道田が言った。

「で、あなたは、小池君に会いに来たのね？」

「頼まれてたんです。小池君のご両親から。様子を見に行ってくれって」

文栄は、途方にくれたように、「でも——まさか、こんなことになってるなんて……」

「様子を、か」

淳一がちょっと顎《あご》を撫《な》でながら、「どうなんだい、何か両親が心配するような理由があったのか？　それとも、ただどんな風にしてるか、見て来てくれというだけだったのかな？」

「そこまでは分かりません」

と文栄は首を振った。

「でも、何かあったのは確かだわ」

真弓は、寝室の方を振り返って、「でなきゃ、殴り殺されたりしないでしょうから
ね」

と言った。

2

「何なの？」

と、真弓は不機嫌そうな声を出した。「私、忙しいのよ！」

「悪かったかな、引っ張り出して」

淳一がニヤリと笑って、「ちょっと可愛い女房の顔が見たくなってな」

「あら、そう？」

とたんに真弓もニコニコし始める。「そういうことなら――ま、忙中閑あり、貧乏
ヒマなし、っていうくらいだから……」

「だけど、ここでいきなり脱ぎ出すなよ」

「当り前よ。喫茶店の中で、どうして裸になるの？」

と、真弓は言ってから、前に乗り出して、「ね、ちょっとホテルに寄る？」

「仕事があるんだろ」

淳一はコーヒーカップを手にして、窓越しに、通りの向い側にある、立ち食いのハンバーガーショップの方へ目をやった。

「じゃ、どうしてわざわざ私を呼び出したの？」

「こいつを聞けよ」

淳一は、ポケットから、小さなFMラジオみたいなものを取り出した。

「何かいい音楽でも入ってるの？」

「そんなもの聞いてどうするんだ。——ほら」

声が聞こえて来た。

「ふーん。小池君ってそんなに遊んでたの」

女の子の声だ。真弓は、あれっ、という顔で、

「この声——」

「そう。辻川文栄さ。今、あの向いのハンバーガー屋にいる。隠しマイクで、声をこ

っちへ送ってるんだ」

「いつからあなた、盗み聞きの趣味ができたの?」

「馬鹿《ばか》いえ。お前の捜査に協力してやってるんじゃないか」

「協力?」

「しっ。ほら、聞けよ」

と、淳一が促す。

「そうさ。凄《すご》かったよな、あいつ」

男の子の声だ。二、三人でしゃべっているらしく、ガヤガヤと聞こえて来る。

「うん、それもさ、みんなが高校受験でヒイヒイ言い出すころになって、急にのんびりしちゃって——」

「そうなんだよ。女の子なんかと毎日遊びに行ってよ、あいつマンションに一人でいるじゃねえか。女の子の方も、ヘエーッとか感激しちゃって——」

「ついてっちゃうんだよな。ちっともカッコ良くないのにさ、あいつ」

「どうして、そんなに遊んでたのかなあ」

と、文栄が言った。「よっぽど自信あったの?」

「大してできなかったけどなあ」

「うん。クラスで真中ぐらいだったぜ、いいときでも」

「じゃ、どうして……」

「だから言ったんだ、きっとあいつ、何か有力なコネ見付けたんだぜ、って」

「コネ？」

「そうでもなきゃ、あんなに遊んでらんねえだろ」

「コネかあ……」

と、文栄はため息をついて、「私もほしいわ。自信ないんだもん」

「俺だってほしいや。なあ？」

ワイワイ、と騒ぐ声。

「ねえ、ねえ」

文栄がその声を遮《さえぎ》って、「小池君の彼女って、誰か知らない？」

「そうだなあ……。誰だろ？」

「結構手広くやってたからな、あいつ」

「一番、よくくっついてたのは、玉恵の奴じゃないか？」

「た、たまえ？」

「うん。同じクラスの奴で、上山《かみやま》玉恵っていうんだ」

「まあ」

真弓は、聞いていてムッとした様子で、「私たちの調べじゃ、全然ガールフレンドの名前なんて出なかったのよ」

「だから、彼女にマイクを持たせたのさ」

と淳一は言った。「中学三年といやあ大人と子供の中間で、難しい年齢だ。警察が正面切って、『被害者と親しかった女性は？』なんて訊いたって、知らない、と答えるに決ってるさ」

「それじゃいけないのよ。市民として、警察に協力するよう、教えなくちゃ」

「そういうお役所的発想がいけない。みろ、文栄が訊いたら、アッサリしゃべるじゃないか」

「どうせ私は能なしよ」

真弓がプーッと焼もちの如《ごと》くふくれる。「私の代りにあの子を捜査一課へ入れりゃいいんだわ」

「何をすねてるんだ」

と、淳一は苦笑した。

少しして、文栄が喫茶店に入って来た。

「――聞こえましたか?」

と、頰《ほお》を紅潮させている。

「ああ。ご苦労さん」

「これが上山玉恵って子の電話だそうです」

と、文栄は、メモを真弓に差し出す。

「あ、そう」

真弓は、目をそらしながら受け取った。

「でも、変ですね」

文栄は、そんなことには気付かぬ様子で、「そんなコネがあるのなら、小池君のご両親が、知らないわけないと思うんですけど」

「鋭いじゃないか」

と、淳一は肯いて、「受験を控えて、まるで勉強しなくなった、ってのは、できなくてやけになったか、逆に、やる必要がなくなったからだろう。そのどっちだったかを、まず見きわめる必要がある」

「そうね」

真弓も渋々話に加わった。「でも、無茶な親だわ。あんな子供を一人でマンションに住まわせるなんて。不良になれって言ってるようなもんじゃないの」

「それは私も気になってたんです」

と、文栄は言った。「私——別に小池君とはそんなに仲が良かったわけじゃないけど、でも、多少は親同士のお付合いもあって……。小池君、決して意志の強いってタイプの子じゃないんです。お金持の一人っ子だから、どっちかというと甘えん坊で……」

「そんなのを東京へ一人で出して、マンションを買ってやるってのは、親の頭を疑うね」

「今じゃ後悔してるみたいだけど」

と、真弓は言った。

「両親は、もう帰っちまったのか」

「ええ。あちらでお葬式を出す、って言っててね」

「殺された理由の心当りは？」

「全然。二人とも呆然自失して、まともに話もできない状態なんだもの」

「困ったもんだな」

と、淳一は腕組みをした。

三人は、しばし黙り込んだ……。

「あの――」

と、口を開いたのは、文栄だった。「真弓さん」

「なあに？」

「私――もう入試は終ったし、後は、故郷へ帰って、通知の来るのを待ってればいいんですけど――でも、もしよかったら、もう少し置いていただけませんか」

「あら、そんなに居心地がいい？」

「小池君のこと、何だか、私も少しは責任感じるんです。事件が解決するのを見届けたいし、それに……」

と、ためらう。

「それに、何なの？　遠慮なく言ってごらんなさい」

「ええ――私、真弓さんみたいな方、憧《あこが》れなんです。美人で女らしくて、しかも、バリバリ仕事をされて……。将来、少しでも真弓さんに近づこうと思って、そばにいさせていただきたいんです」

真弓も、人がいいというか単純というか、聞きながらたちまち頰が緩んで来る。

「そ、そうかしら？　あんまり買いかぶられても困るのよね」

「いいえ！　本当に、真弓さんって、私の理想なんです」

「そう？　まあ――私もね、よく人にそう言われるのよね。ホホホ。でも、私、奥床しいから、ついへり下っちゃって」

淳一は、笑いをかみ殺しながら、どこがへり下ってるんだ、と訊いてやりたかった……。


「玉恵はおりませんが――」

と、玄関に出てきた母親は、不思議そうに真弓を見て、「あの――どういうご用件でしょう？」

真弓が、死んだ小池一臣《かずおみ》とのことを説明すると、母親は、目を丸くした。

「まあ！　そんなことは全然知りませんでしたわ」

「玉恵さん、お出かけなんですか」

「ええ……」

と、ちょっと小太りで、派手な感じの母親は、不安げに、「もしかしたら――でも――」

と、呟《つぶや》くように言った。

「何か心当りでも？」

「いえ――この二、三日、玉恵がひどく沈んでいまして。受験にしくじったのかと思って、慰めたんですけど」

「玉恵さんは、何と？」

「そんなことじゃないのよ、と凄い勢いで言い返したんです。じゃ何なの、と訊いても答えません。もしかしたら、それが小池君とのことで……」

「きっと、そうでしょうね」

「あの――どうぞお上がり下さい」

と、母親は、「私ったら、こんな所で……。失礼しました」

ちょっとあわてた様子で、真弓を居間へ通す。

「少しお待ち下さい。玉恵もその内、戻ると思いますけど」

「じゃ、こちらで待たせていただきます」

と、真弓は、ソファで寛《くつろ》いだ。

少しして、母親は、お茶を運んで来た。

「小池君とお付合いしていることは、ご存知なかったんですか？」

と、真弓は訊いた。

「ええ。――玉恵にボーイフレンドがいるってことは、知っていました。でも、玉恵はなかなかしっかり者でして」

上山育子《いくこ》――母親の名である――は、ちょっと笑って、「母親より、よほどしっかりしておりますの」

「それじゃ、小池君という名前は――」

「名前は、聞いてなかったと思います。それとも、聞いても忘れてしまったのかもしれません」

上山育子は、微笑んで、「私、結構ぼんやりしてるものですから」

「うちへ連れて来るようなことは？」

「なかった――と思いますけど」

育子は首をかしげた。「私、主人を数年前に亡くしまして、働いているものですから、昼間、家にいないことが多いんです」

「まあ、そうでしたの」

「ですから、留守中に玉恵が、ボーイフレンドを連れて来ても分からないわけですけど。でも、そんなことはなかったと思います」

怪しいもんだわ、と真弓は思った。今の十五歳なんて、凄い子は凄いんだから！

「一人っ子なんで、ついわがままに育てていますけど、でも、一応、物事のけじめはつくようにしつけてあります」

育子の言葉は、自信を感じさせた。

――しかし、玉恵はなかなか戻らない。

「申し訳ありません」

と、育子は恐縮する。

「じゃ、また改めてうかがいます」

と、真弓は立ち上がった。

「すみません、どうも」

真弓を送って、育子が玄関へ出て来た。

「じゃ、戻られたら、連絡を」

「必ず、お電話いたします」

「お邪魔しました」

真弓は、玄関のドアを開けて、ギョッとした。

目の前に、ずぶ濡《ぬ》れの人間が――何と、淳一だった！――女の子を、両手でかかえて立っていたのだ。

小柄な、その少女も、水から上がったように濡れそぼって、しかも、意識を失っているらしかった。

「玉恵！」

と、育子が叫んだ。

「川へ飛び込んだのを見かけてね」

と、淳一が言った。「飛び込んだが、何しろ流れが早くて、やっとこ助け上げたんだ」

「あなた……」

と、真弓は、まだ呆然としている。

「何してんだ。早く一一九番しろよ」

「そ、そうね。じゃ十円玉貸してくれる？　今、こまかいのがなくて——」

「この家の電話を借りりゃいいだろ」

「そうか。そうね。そうだわ」

真弓も大分焦《あせ》っている。「あの——お宅、公衆電話、お持ちですか？」

と、育子に向って訊いていたのである。

3

「合格連盟？」

思わず真弓は訊き返していた。「それ、何なの？」

珍しく、今野家の夕食の席に、三人が揃《そろ》っていた。もちろん、文栄を加えてである。

「私も、よく分からないんです」

と、文栄が言った。「でも、二、三人の子から、噂《うわさ》を聞きました。そういうものがあるらしい、って」

「つまり、裏口入学ってことか」

と、淳一が言った。

「そうらしいです」

文栄は肯いて、「お金を出すと、色んなルートで、話をつけてくれるってことのようです」

「ひどい話ね」

と、真弓は腹立たしげに、「許せないわ！　射殺すべきよ」

「そうすぐ殺すな」

と、淳一がたしなめる。

「だって、それじゃ文栄さんみたいに、まともに受験した子はどうなるのよ！」

「俺に怒ったたって仕方ないだろ」

「他にいないんだから、我慢しなさい」

「射殺しないでくれよ。――それで、その合格連盟の詳しいことは分かったのかい？」

「いいえ」

文栄は首を振った。「みんな、詳しいことは知らないみたい」

「知ってたって、言うまい」

淳一は肯いた。「つまり、自分もそこへ頼んだ、と思われかねないからな」

「私、当ってみましょうか」

と、文栄が言った。

「いや、やめとけ」

「どうしてですか？」

「いいか、小池は殺された。もし、その合格連盟が絡んでるとしたら、どうする？

命の危険だってある」

「でも――」

「俺たちは、君をご両親から預かっているんだ。万一のことがあったら、俺たちの責任になる」

「そうよ。そのせいで私たちが離婚することにでもなったら困るわ」

「すみません」

文栄は素直に謝った。

「ともかく、その合格連盟ってのを突き止めただけでも大したもんだ。なあ?」

「本当よ」

と、真弓は肯いて、「その分なら、私みたいになるのも、夢じゃないわよ」

淳一は咳払《せきばら》いをした。

「ともかく――その話を、少し探ってみることだな」

「言わなくても、やるわよ」

「あの――」

と、文栄が思い付いたように、「上山玉恵さんって人、どうなんですか?」

「命は助かるそうだ」

「でも、まだ意識不明なのよ。——もう少し早く助けていれば良かったのに」

「無茶言うな。しかし、なぜ自殺しようとしたのか、母親は見当がつかないのか？」

「全然らしいわ。小池一臣が殺されたショックで、ってことも、考えられないことはないけどね」

「そんなに好きだったのかしら……」

文栄が呟くように言った。

「しかし、今一つスッキリしないな」

「じゃ、便秘の薬でも服《の》む？」

真弓は大真面目に言った。


「合格連盟。——初耳ですな」

と、校長は言った。

「裏口入学を、お金であっせんするグループらしいんです」

「そいつは聞き捨てならん話ですね」

小池一臣の通っていた中学校の校長である。名を宮本《みやもと》といった。

いかにも教師というタイプの校長と、企業の経営者という感覚の校長がいる。宮本は、どう見ても後者だった。

応接室のソファに座った、小柄ながら、どことなく人をよせつけないような雰囲気の宮本は、真弓の話にも、一向にむきになる気配はなかった。

「そういう話をお聞きになったことはありませんか」

「ありませんね」

宮本は即座に答えた。

「でも、おたくの学校の生徒さんの間で、噂になってるんですよ」

「噂でしょう、単なる。そんなものが実際にあれば、私の耳に入らないわけがない」

「はあ」

「うちの生徒で、そんな真似《まね》をした者はいないと信じています」

「小池君の事件は、どう思われます?」

宮本は、ちょっと探るような目で真弓を見て、

「それと、その合格連盟とかいうものとが、関係があると?」

「分かりません、ただ、その可能性もあると――」

「私にはそうは思えませんね」

宮本は立ち上がった。「お役に立てなくて申し訳ない」

「はあ……」

真弓は、仕方なく、応接室を出た。

「あの校長、不愉快だわ！」

と、プリプリしながら廊下を歩いて行く。

「真弓さん！」

道田刑事が急いでやって来るところだった。

「道田君、どうしたの？」

「あの、辻川文栄って子が、車にはねられ——」

「何ですって！」

真弓が飛び上がった。「何してたのよ！　ちゃんとそばについてろ、と言ったでしょう！」

「つ、ついてました」

「それなのに、どうしてはねられたの？」

「はねられそうになった、と言おうとしたんです」

「だったら、そう言えばいいでしょ！」

どっちにしろ怒鳴っているのだ。「けがは？」

「僕は大丈夫です」

「道田君が大丈夫なのは分かってるわよ。文栄さんのこと！」

「ええ、ちょっとすりむいたぐらいで。とっさに車をよけて、飛びのいたときに、転んでけがを――」

「まあ、道田君が助けたの？」

「いいえ」

「でしょうね。――じゃ、自分で？」

「いえ、今野さんです」

「主人が？」

「ええ、凄い敏捷《びんしょう》さで。こっちがポカンとしてる間に、パッと助けたんです」

「さすがね！」

と、真弓は得意げに言った。

「ところで、真弓さん。その車、どうも文栄って子を狙《ねら》って来たようなんです」

そりゃそうだろう。その危険があるというので、道田をつけておいたのだ。

「車を見たの？」

「ええ。タイヤが四つありました」

あまり頼りにならない。

「じゃ、ともかく、一旦《いったん》家へ戻るわ」

と、歩き出して、少し行くと、

「ねえ、ちょっと」

と、呼ぶ声がする。

振り向くと、女生徒が一人、廊下の物陰から出て来た。

「呼んだ?」

「そう。あなた刑事さん?」

「そうよ」

「お話があるの。買ってくれない?」

「買う?」

「そう。情報を売るからさ」

真弓は、こういう不純な(!)取引は本当は嫌いである。しかし、いつもそうは言っていられない。

「聞いてみなきゃ分からないわね」

と、真弓は言った。

「じゃ、言わない。聞いてから、踏み倒すつもりでしょ」

「そんなことしないわ」

「じゃ、先払い」

と、ちゃっかり手を出して、「今日、お小づかいパーなんだ」

ごく当り前の女生徒にしか見えないところが怖いのである。

「分かったわ」

真弓は肩をすくめて、「道田君、立てかえといて」

「はい。――あの、真弓さん」

「なあに？」

「いかほどの値段をつけますか？」

「そうねえ。好きにしたら？」

と、真弓も無責任なことを言っている。

「じゃ、君、いくらならいい？」

道田は真剣な顔で、その女生徒と交渉を始めた。彼女の方も、あまり無理な金額は言わなかったので、比較的早く合意に達したのだった。

「あんまりお金なさそうだもんね、あなた」

道田は同情されてしまった。

「で――情報って？」

「合格連盟のこと、調べてんでしょ」

と、女生徒は言った。「今、応接室の外で立ち聞きしちゃった」

「何か知ってるの？」

「校長は知らないって言ってたでしょ？」

「ええ」

「そりゃそうよね。あの人は、外見を気にする人だから」

「じゃ、あなたは知ってた？」

「もちろん！　みんな知ってるわ。でも、話には聞いても、お金がないじゃない、普通のうちじゃ」

「そんなに高いの？」

「何千万、って話だったわよ」

「何千円じゃなくて？」

と、思わず道田が口走った。

「凄いわね。あなたは、その話を――」

女生徒は、フフ、といたずらっぽく笑って、

「うちもね、私のできが悪いもんだから、親が心配してさ、何とかお金を作ろうか、って話をしてたの」

「その合格連盟っていうのと接触したの？」

「一応ね」

と肯く。「でも、話をして、結局やめちゃったの。思ってたより、ずっと高かったのね。で、とても負担し切れないからって」

「賢明だったわね」

「本当よ」

と、その女生徒は、顔をしかめて、「もしいい高校へ入れたとしたって、その借金で、結局夜逃げなんてことになったら、どうしようもないじゃない」

「相手はどんな男だった？」

「私、直接会ってないの。会ったのは、うちのママ。私、遠くで待ってただけなのよ」

「じゃ、相手を見てないの？」

「チラッとね。遠くから。——男じゃない。女だったよ」

「女？——あなたのお母さんに話を聞けるかしら」

「そいつは無理ね」

と、女生徒は肩をすくめた。「そんなことしたなんてばれたら、今の校長やかましいから、卒業取り消し、とか言われたら、困っちゃうもの」

「そうか。——分かったわ。ありがとう。他に何か知ってることある？」

「それくらいね。あ、それから、この話、私から聞いたって、内緒よ」

女生徒は、ちょっと笑って見せて、「じゃ、バイバイ」

と手を振って行ってしまった。

「バイバイ、か……」

道田はポカンとして見送っていた。「今の子は凄いですねえ」

「ついて行けないわ、私みたいな年寄にはね」

真弓は、道田を促して歩き始めた。

「——何千万、か」

淳一は首を振って、「あくどい商売だな」

「許せないわ、私」

と、文栄が珍しく怒っている。

年齢とは逆に、文栄の方は、真弓よりずっと落ちついている感じなのである。

「きっと小池君もその合格連盟に入ってたんですね」

「きっとそうよ」

真弓が肯く。「だから、勉強もしないで遊んでたんだわ」

「そいつはどうかな」

と、淳一が言った。

「違うっていうの?」

「考えてみろよ。何千万もの金だぜ。親が知らないってことがあると思うか?」

「それもそうね。——でも、隠してるのかも——」

「息子は死んじまったんだぞ。今さら隠しても仕方ないだろう。知ってりゃ言うはずだ」

「そうですね。それに、小池君のご両親、小池君が、さぞ真剣に勉強に取り組んでいると信じてらしたみたいです」

「両親から金が出たわけでもない。といって、中学三年生が、自分の手で何千万も稼ぐわけにゃいくまい」

「それはそうね……。じゃ、どういうことなのかしら？」

「俺の興味は別にある」

と、淳一は言った。

「え？」

「その合格連盟の方さ。さぞ荒稼ぎをしてるだろう。そいつを放っちゃおけないぜ」

「そりゃそうだけど……」

と、真弓はふくれっつらで、「私の仕事は殺人事件の犯人を見付けることよ」

「二つはつながってるよ」

「そう思う？」

「この子を車でひこうとした奴がいる。それだけ見たって分かるじゃねえか」

淳一は、文栄の方を見て、「それとも、誰かに恨まれる覚えでもあるのか？」

「いいえ」

文栄は首を振った。「私、男の子に振られたことはあるけど、振ったことなんてありませんもの」

「まあ、あなたの周囲の男の子って、みんな目が悪いんじゃない？」

真弓も、文栄を賞《ほ》める余裕が出て来たらしい。

「よく、裏口入学のあっせんって話は聞くじゃないか」

淳一は、真弓と文栄を交互に眺めて、「それが大ていばれるのは、なぜだ？」

「お金だけ取っといて、実際は入れないからじゃない」

「そうだ。ところが、この合格連盟は、結構手広くやっているらしいのに、そういう密告がない」

「つまり――」

「実際、ちゃんと入学させているってことだろうな」

「そんなに沢山の子を入れられる？」

「実際に何人かは知らん。しかし、たぶん、相当に強力なコネを持った人間がやっているんだろうな」

と、淳一は言った。

「これは大事件よ」

真弓は、改めて頭をかかえた。「課長に言ったら、きっと頭に来るだろうなあ！」

「どうしてだ？」

「本来の殺人事件の方で手一杯なのに、余計な話を持って来るな、って」

「うまく両方解決すりゃいいんじゃねえか」

「簡単に言わないでよ」

真弓が渋い顔で言ったとき、玄関のチャイムが鳴った。

「あの落ちつきのない鳴らし方は、かの道田君だぞ」

と、淳一は言った。

真弓が玄関へ出てみると、本当に道田が立っていた。

「何かあったの？」

「ええ。実は例の子が例の所からナニしました」

「やたら代名詞を使わないでよ」

「あの子です――あの――」

「上山玉恵か」

と、淳一も出て来て言った。

「そ、そうなんです！　玉恵が病院を脱《ぬ》け出してしまったんです」

「まあ」

真弓は目を丸くした。「で、どこに行ったの？」

「分かってりゃ、道田君だって、ここへ来ないさ」

と淳一は言った。「こいつは、もしかすると……」

「何なの？」

「出かけた方がいいかもしれないな」

淳一は、素早く、奥の方へ姿を消した。

「待ってよ！　私も行くわ！」

真弓が、あわてて後を追った。

4

夜の公園。——といっても、少し霧雨が降り出して、肌寒いので、いくら物好きなアベックでも姿を見せていない。

車が一台、公園のわきに、停っていた。

かなり豪華な外車である。——中に、男の姿があった。

道を、近付いて来る足音。——足早に、何かを思い詰めたような歩き方である。

車のドアが開いて、男が外へ出た。ちょっと、上を見て、顔をしかめる。

霧雨の中から現われたのは——上山育子だった。

「こんな所へ呼び出して、どういうつもりだ」

と、男は言った。「困るじゃないか。特にこんな時期に」

「私のことじゃありません」

と、上山育子は、固い表情で言った。「娘のことです」

「命は取り止めたんだろう」

「病院を脱け出したんです」

「脱け出した？」

男は訊き返した。

「もう、生きていないかもしれません」

育子の声は震えた。「私があの子を殺したようなものです」

「私を恨むのは筋違いだぞ」

と、男は言った。「君は、ビジネスとしてあの仕事をしていた。大いに助かったはずだ」

「分かっています」

育子は目をそらした。「でも――間違いは間違いです。もう、二度とやりたくありません」

「好きにするさ」

と男は笑った。「他に、やる人間はいくらもいるだろう」

「でも――」

「君も黙っていてくれる――だろうね」

男は、育子を抑えて言った。「もし、これがばれたら、君も罪になるんだよ」

育子は口をつぐんだ。

「――じゃ、もう失礼しよう」

男は車のドアに手をかけた。「今後、君のことは、一切知らないと言って通すから。そのつもりでいてくれ」

ドアを開ける。そのとき、公園の茂みがザッと揺れた。男が振り向く。

少女が飛び出してきた。手にナイフを振りかざして、男めがけて、真直《まっす》ぐに突っ込んで行った。

「玉恵！」

と、育子が叫んだ。

男は、唖然としていて、ただ突っ立っていた。少女の一撃を、よけられるわけもなかった。

が――その直前で、少女は、足をもつれさせて、アッ、と声を上げながら、転倒した。少女の足に、どこからか投げられた木の枝が絡まったのだ。

「――危なかったですな」

と、現われたのは、淳一だった。「宮本校長さん」

「いや、どなたか知らんが、助かりましたよ」

宮本校長は、車のドアに手をかけたまま、青ざめて、やっと息をついた。

「――玉恵」

育子が、娘の方へ駆け寄る。

「触らないで！」

玉恵が、母親の手を振り払った。

「玉恵――」

「お母さんが裏口入学を世話して、お金をもらってるなんて……。もう親子だなんて思わないでと言ったでしょう！」

「まあ待ちなさい」

淳一がのんびりと言った。

「何よ、私の邪魔をして！」

玉恵が淳一をにらみつける。

「女性ににらまれるのは慣れてるんでね」

と、淳一は微笑んだ。「入院中の身だろう？　無理しちゃいけないぜ」

「玉恵」

と、育子が言った。「この方が、お前を川から助けて下さったのよ」

「余計なことばっかりしてくれるわね」

「いいかね。君はまだ若いんだ。こんなろくでなしを殺して一生を捧に振ることはない」

宮本が、ムッとしたように、

「ろくでなしとは、ひどいですな」

「合格連盟が、高い金を取りながら、ばれずにいるのは、よほど強力なコネを持つ人間が関係しているとしか思えないからね。まあ、あんたも、自分が立派なことをしているとは思うまい」

宮本は、ちょっと笑った。

「人助けのつもりですよ、私としてはね。それに見合う礼金はいただくが、大いに喜ばれていますからな」

「しかし、あんたが押し込んだ何人かの代りに落ちた生徒のことは考えたことがあるかね？」

と、淳一は言った。

「人は、環境からは逃れられないものです」

宮本は涼しい顔で、「たまたま金があれば合格、なければ落ちる。――それも運命ですな」

「あんたも逃れられないわよ」

と、声がした。

真弓である。――道田が、反対側に立っていた。

宮本は青くなった。

「大騒ぎになるでしょうね」

と、真弓は言った。「ついでに殺人罪のほうも白状したら？」

「冗談じゃない！　私は殺してなんかいないぞ」

と、宮本は一オクターブ高い声を出した。

「それは本当です」

と、育子が言った。「小池君を殺したのは私です」

よく晴れ上がった、気持いい日だった。

「――合格日和《びより》ね」

と、真弓が言った。

「そんなのがあるのか？」

淳一は笑って、「しかし、うまく行ってるといいな」

「自信、ないんですよね」

と、文栄が不安そうに言った。

当事者にとっては、あまり天気の良し悪《あ》しは関係ないものとみえる。

三人は車で、文栄が受験した高校へ向っていた。今日が合格発表の日なのである。

「――育子さんは、玉恵さんと小池君がずっと付き合ってるのを、知ってたんですね」

と、文栄が言い出した。

「そう。大事な一人娘だもの。ボーイフレンドのことぐらい、知らないわけがないわよ」

「ところが――」

淳一がハンドルを操りながら言った。「小池の方は、玉恵の母親が、例の合格連盟と関《かか》わっているのを知って、玉恵と付き合っていたんだ」

「娘の恋人のことなら、口をきいてくれるという打算でね」

「ひどいわ」

と、文栄が顔を曇らせた。「玉恵さんの方は本気で——」

「小池君のことが好きだった。で、育子さんは小池君に呼ばれてあのマンションへ出かけて行ったのよ。そこで、裏口入学をさせてくれと頼まれたわけ」

「母親にとっちゃショックですね」

「特に、娘が本当に小池君のことを好きになっていると知っていたから、カッとなったのね」

「当然だわ。小池君の方が悪い」

「同感だ」

と、淳一が言った。

「玉恵さんは、母親が合格連盟の仕事をしていることを気付いてたのね。それに宮本と関係があったことも。小池君が殺されたとき、まさか母親がやったとは思わなかった。ただ、好きだった小池君が殺されたこと、母親がそんな悪事に加担していたこと——何もかもがいやになって死のうとしたのよ」

「それを、どこかのお節介な奴が助けた、ってわけだ」

「で、どうせ死ぬのなら、宮本を殺して、と思い詰めたのね。母親が苦しんでいるのも知っていたから」

「気の毒ですね、育子さん……」

「情状は考慮されると思うわ。それに玉恵さんも立ち直るでしょうしね」

と、真弓は言った。「あ、そこ、学校じゃなくて」

「わあ、いやだ！　どうしよう！」

文栄が顔を伏せて、悲鳴を上げた。

――文栄が、表に掲示してある合格者の名前を見に行くのを、淳一と真弓は、少し離れた所で見送った。

「ねえ、あなた」

と、真弓が言った。

「何だ？」

「宮本が、裏口入学させた父兄から受け取ったお金なんだけど……」

「うん。それがどうした？」

「現金だけじゃなくて、宝石類も結構あったらしいのよ」

「それがほとんどイミテーションだったの」

「へえ」

「変だと思わない？」

「そうだな。しかし、出した親たちの方も、反省してもらわなきゃいけない。その授業料だと思えば――」

と、淳一が言いかけたところへ、文栄が、凄い勢いで走ってきた。

「やった！　受かってた！」

と、飛び上がる。

「おめでとう！　良かったわね」

「ありがとうございます」

文栄は顔を紅潮させて、「お祝いに――」

「何がほしいの？」

「あの――ご主人にキスしていいですか？」

真弓は、目を丸くしたが、すぐに笑い出した。

「どうぞ。こんなので良ければ」

「ふーん」

「私、真弓さんが羨ましい。私も淳一さんみたいな人を見付けるんだ！」

文栄は淳一の頬にチュッとキスして、ニッコリ笑った。

――これが十五歳？

真弓は改めて、自分の年齢《とし》を思い知らされたのだった……。

迷子と泥棒には勝てぬ

1

「もういい加減にしたらどうだ?」

と、今野淳一は言った。

「何言ってんの! これぐらいでへばってちゃ、刑事はつとまらないわよ」

平然と言い返したのは、淳一の妻にして警視庁捜査一課の刑事、真弓である。

「しかしなあ……」

と、淳一は首を振る。

「いいのよ。気にしないで」

そりゃ、泥棒である淳一にしてみりゃ、真弓の部下、純情を絵にかいたような道田刑事が、どんなに苦労したって、心配する筋のものではない。

「ぼ、僕は大丈夫です。心配しないで下さい、今野さん！」

と、道田本人も言っている。

しかし――やはり、「夫」という立場では、淳一も心配しないではいられなかった。

いくら道田が部下だからって、デパート中を買物の荷物持ちに引っ張って歩くのは、「職務」の内に入らないのではないか、と、淳一はいとも常識的なことを考えていたのである。

「刑事たる者、いつでもこれぐらいの荷物は持って歩けなきゃ」

などと真弓は言っているが、実際のところ、刑事は引越し業者とはわけが違うのである。

「――じゃ、次は、家庭用品の売場だわ」

と、真弓がメモを広げて言った。「道田君、それでおしまいだからね」

「そ、そうですか！――何だか物足りないなあ……」

道田刑事は、両手一杯の荷物がこぼれ落ちないようにするのに必死で、真赤な顔をしていたが、それでも無理に強がって見せた。

「そう？　道田君って本当に頼りになるわ」

真弓がおだてると、それだけで道田は幸せそうに、ただでさえ赤い顔を、ますます赤くしている。要するに、この若い独身刑事は、真弓に惚《ほ》れていて、真弓の方もそれを充分承知の上で、買物に付き合わせているのであった。

「家庭用品は、と……。七階ね。——あら、あそこでセーターのバーゲンやってる！ ちょっと待っててね、道田君」

真弓はさっさと行ってしまう。

「——悪いなあ、せっかくの休みだっていうのに」

と、淳一は言った。「少し持とうか？」

「いや、大丈夫です！」

道田は、悲壮な決意を表情に漲《みなぎ》らせながら言った。

——女性の買物は、「次で最後」と言ってから、最低三カ所は回る、と思っておかなくてはならない。特に、〈バーゲン〉、〈特価〉といった文字には特殊レーダーでも備えているが如《ごと》くに反応する。

真弓の場合も例外ではなく、結局、家庭用品売場で「最後の」買物をしてから、さらに三つの売場を回って、やっと、

「これで、一応は済んだわ」

と、含みのある発言をしたのだった。

「おい、真弓」

と、淳一が言った。「もう一時半だ。昼飯にしようじゃないか。道田君も、きっと腹が減ってるぜ」

「あ、そうだったわね」

真弓は腕時計を見て、「まだせいぜい十時ごろかと思っちゃった」

「デパートが開いたのが十時だぞ」

「それもそうね」

真弓は肯《うなず》いた。「買物してると、時間って短いわね！」

「特に、自分で荷物を持ってなきゃな」

と、淳一は言った。

——最上階のレストランは、平日というのに、ほぼ満席だった。

「世の中にゃ、暇な奴《やつ》が多いんだな」

淳一は、やっと空いたテーブルについて、周囲を見回しながら言った。

「聞こえるわよ」

と、真弓は笑いながらメニューを広げた。

一方、道田は、といえば、荷物を、空いた椅子《いす》の上に、いかにして崩れないように積むか、必死の努力を続けている。

しかし、まあ——それも何とかなって、取りあえず三人は食事にありつけることになったのである。もちろん、デパートの食堂だから、そうのんびりと落ちついて食事をするという雰囲気ではない。

大半のテーブルが、奥さん同士の四、五人連れで、そのおしゃべりの声たるや、食堂の空間を、ほとんど飽和状態にしていた。

それに加えて、子供の泣き声や、それを叱《しか》る母親のヒステリックな声。ウエイトレスを呼ぶ、

「ねえ、ちょっと！」

「ここ、まだなの！」

といった声。

いやでも早々に食べて出て行きたくなる環境である。

「もう、ママは知りません！」

甲高い声に、真弓は思わず振り向いた。

真弓の、ちょうどすぐ後ろの、小さなテーブルの親子だった。母親と、女の子。

母親の方は、たぶんまだ三十そこそこなのだろうが、暮し向きが楽でないのか、大分くたびれ切った様子で、四十過ぎに見える。子供の方は、五、六歳か、それとももう少し行っているのかもしれない。

母親の子にふさわしく（？）、ちょっと時代遅れのデザインのワンピース。あんまり体に合っていないのは、もらいものなのかもしれない。

「ここに一人でいらっしゃい！　ママは帰りますからね！」

何を怒っているのか、母親は、紙袋を手に立ち上がった。

「いいもん」

と、女の子は平気な顔で、「リカ、一人でいるもん」

今の子は、生意気ね、と真弓は苦笑いした。親がいなくなったからって、心細がって泣くなんてことはないのかもしれない。

「じゃ、勝手にしなさい！」

母親は言い捨てて、足早に食堂を出て行ってしまった。

残った女の子の方は、いとものんびりと、まだ食べかけだったアイスクリームを、食べ始めた。

「――子供を置いてくなんて、ひどい親ですね」

と、道田が憤然として言った。

「そう言っているだけよ。すぐ戻って来るわ」

と、真弓は笑って言った。

「そうだろうな」

と淳一が肯く。「母親の方もカッカして、金を払って行かなかったようだ」

「あら、本当だ。伝票が置いてあるわ」

「あれで、もし母親が戻って来なかったら――」

と、道田が言った。「あの女の子を、無銭飲食で逮捕するんですかね」

「まさか！」

真弓は、しかし、その女の子が、一向に食堂の入口の方へ目をやらずにいるのを見て、感心するやら呆《あき》れるやらだった。

しかし、それも、ちょうど注文した焼ソバが来たので、食欲の前に、総《すべ》ては「無」と化したのだった……。

「――ご苦労さま。悪かったわね、道田君」

車を駅の前につけ、道田を降ろして、真弓は愛想良く言った。

「いいえ！　これぐらいの用事なら、いつでも言いつけて下さい」

食べるものをお腹《なか》に入れたので、道田も大分元気を回復していた。「トランクの荷物、いいんですか？」

「大丈夫。家の中へ運ぶくらい、主人がやるわよ」

「他《ほか》に大して役に立たないんでな」

と、淳一は言った。

「じゃ、失礼します！」

道田は、馬鹿丁寧《ばかていねい》に頭を下げ、「ごちそうになりました！」

とまで付け加えたのである。

「――四百八十円のカレーライスで、ああお礼言われちゃ、気がひけるわ」

真弓は、車が走り出すと、言った。

「夕飯でもおごってやりゃ良かったじゃないか」

と、淳一はハンドルを握りながら言った。

実際、もう夕方の五時を回っているのである。

「あら、私、早くあなたと二人きりになりたかったのよ。いけない？」

と、淳一の方へ甘えて身をすり寄せる。

「おい──危ないぜ。運転中だ」

「じゃ、運転の方を中断して」

淳一は、ため息をついて、車を、わきへ寄せた。ちょうど、あまり人の通らない公園沿いの道である。

「やっぱり道田君がいると邪魔だわ」

と、真弓が淳一の首に両腕をかける。

「散々荷物を持たせといて、そりゃないだろうぜ」

「いいのよ。──もう済んだことは忘れるの」

魅力的な女性のみに通用する理屈である。

二人の唇が、いつもの通り出会って……。

「ウーン……」

──二人は、顔を離した。

「変な声、出さないでよ」

「俺《おれ》は何も言わないぜ」

「でも、今、唸《うな》ったでしょ」

「ここじゃない。どこか他の所から聞こえて来たんだ」

「どこから？」

と、そこへ――。

「ママ……」

淳一は、

「トランクだ」

と言った。

急いで外へ出ると、後ろへ回って、トランクを開ける。

「――まあ」

真弓は目を見開いた。トランクには、道田がかかえていた荷物を全部詰め込んであったのだが、その中に埋れるようにして、女の子が一人、座っていた。

「これ……」

「あの、食堂にいた子らしいな」

と、淳一が言った。

女の子は、眠っていたらしいが、淳一がトランクを開けたので、目を覚ました。

「アーア」

と欠伸《あくび》をして、それから、目をパチクリさせながら、淳一と真弓を交互に見て、

「こんにちは」

と言った。「私——迷子になっちゃったみたい」

——一流好み、を自任する泥棒として、淳一は、昼食をデパートの食堂で、夕食を、ファミリーレストランで取るというのは、甚だ不本意だったが、この際、止《や》むを得なかった。

この「自主的迷子」が、

「お腹空《す》いて死にそう」

と言い出したからである。

「——おいしい？」

と、真弓は訊《き》いた。

「うん」

と肯くのももどかしい様子で、女の子は、「お子様ランチ」を、猛然と平らげていた。

この勢いを見ていると、真弓も、この女の子に、名前や住所、電話などを訊くわけにいかなくなるのだった。

「――ごちそうさま」

と、皿を空っぽにすると、女の子は言って、「手、洗って来るね」

さっさと一人でトイレの方へ歩いて行く。

「――しっかりした子ね」

真弓は、半ば呆れて呟《つぶや》いた。

食堂から、ずっと三人の後をついて来て、車のトランクへ荷物を入れているときに、わきから素早く潜り込んだのだろうが、それにしても……。

「それにしても、刑事と泥棒が気付かない内に、車へ忍び込むとは大したもんだ。いい泥棒になる素質があるかもしれないな」

「変なとこで感心しないでよ」

真弓は苦笑した。

「しかし、迷子を保護するのも、刑事の役目だろ」

「管轄《かんかつ》が違うわ。――どこか、近くの交番へ預けましょ」

「冷たいんだな」

「あら、もしかしてあなた――」

と、真弓が淳一を見つめる。

「何だ?」

「あの子、あなたの隠し子じゃないでしょうね?」

「おい、よせよ」

「それもそうね。こんなに魅力的な妻がいながら浮気するわけないし」

真弓は一人で納得して、「それにしても、きっと母親が心配してるでしょうね」

ピーッ、ピーッ、と真弓のバッグの中で音がした。バッグが口笛を吹いたわけではない。

「お呼びのようだぜ」

「いやねえ、非番だっていうのに」

真弓は、バッグの中のポケットベルを止めると、電話をかけに立って行った。

入れ違いに女の子が席に戻って来る。

「お姉《ねえ》ちゃんは?」

「今、電話をかけてるよ」

と、淳一は言った。

「そう。逃げられたのかと思った」

これには淳一も笑わざるを得なかった。

「どうしてあんな所に隠れてたんだい？」

「ママと帰りたくなかったんだもん」

と、女の子は、ちょっと口を尖《とが》らす。

「ママが嫌いか？」

「そうじゃないけど……。見っともない」

「見っともない？　どこが？」

「ウソ、つくんだもん」

「ほう。どんな嘘を？」

「ママ、怒って、一人で出てったでしょ」

「あのデパートの食堂で？」

「うん。あれ、ウソなんだ」

「──なるほど」

淳一は肯いた。「しばらくすると、君がワーッと泣き出す。お店の人がびっくりして、アメなんかくれているところへママが戻って来て、あわてて謝りながら連れて行くんだね？」

「どうして知ってるの？」

女の子が、目を大きく見開いた。「あれやると、お昼がタダで食べられるの」

店の方にしてみれば、迷子の世話に困っているところへ母親がやって来れば、ホッとして、渡してしまうだろう。テーブルの伝票がそのままだった、なんてことは、思い出しもしないに違いない。

要するに無銭飲食の常習なのだ。

「君は、それがいやなんだね」

「うん。だって——」

女の子が何か言いかけたとき、真弓が戻って来た。

「——やれやれ、だわ。殺人ですって。私が休みの日に、なんだって……」

「犯人はお前の休みなんか知りゃしないさ」

「ともかく、現場へ急行しなきゃ。この近くなの。車で送ってくれる?」

「この子はどうする?——君、名前は?」

「安田《やすだ》リカ」

と、女の子は言った。「おじちゃんとお姉ちゃん、親子なの?」

「まあ、そんなに若く見える?」

と、真弓がニコニコして言った。

「中学生でしょ？」

――ここまで若く見られると、また複雑な気分だった……。

差し当り、真弓の方が急ぐので、淳一はまず、殺人現場へと車を走らせた。

途中、白バイがスピード違反だと追いかけて来たが、真弓がこれ幸いと、先導させることにした。

「――なかなか気持いいもんだな」

白バイについて、猛スピードで走りながら、淳一は言った。

「本当！　カッコいい！」

安田リカも、後ろの座席で手を打って喜んでいる。真弓は苦笑して、

「あなた、それじゃこの子を、家まで送ってやってくれる？」

「ああ、いいよ」

「母親によく言っといて。子供をだしにするのはやめるように」

「俺は、あんまりお説教って柄じゃないけどな。――おっと、この辺じゃないのか？」

と、車のスピードを落とす。

「あ、そうだわ。あそこに道田君がいる」

なかなか立派な造りのマンションだった。その前に、パトカーと救急車が停《とま》ってい
る。

淳一が車を寄せて停めると道田が走って来た。

「——真弓さん！　早かったですね」

「近くにいたの。道田君も早いじゃない」

「ええ。外で晩飯を食べてて、呼び出されたんです」

「お互い、辛《つら》いわね。——あら」

と、真弓は、車から安田リカが降りて来るのを見て、「どうしたの？」

「送ってくれてありがとう」

と、リカは言った。

「え？」

真弓はキョトンとして、「送ってくれて——？」

「私のうち、ここなの」

と、リカが目の前のマンションを指さしたから、真弓は唖然《あぜん》とした。

「この子、あのデパートの……」

わけが分からないのは道田である。

「おい、待てよ」

淳一も車を降りて来た。「道田君、現場はどこなんだ？」

「このマンションの、五一〇号です」

それを聞いて、リカが言った。

「そこ、私のうちだわ」

真弓と淳一は、顔を見合わせたのだった。

2

五一〇号室には、確かに〈安田〉という表札があった。

「——ここがおうち？」

真弓が訊くと、リカがコックリと肯く。

「ママ、ただいま！」

と、ドアを開けて中へ入って行く。

「もしかして、殺されたのが母親だったら……」

「女だとは聞いてますが」

「ともかく、入ってこの目で確かめるしかないだろう」

と、淳一は言った。

真弓も、いささか気が重かった。――いくらリカが生意気で、しっかり者でも、母親が殺されたとなると、やはり哀れである。

母の死体に取りすがって泣くリカ……。想像しただけで、真弓はグスン、と涙ぐんだ。

「何だ、風邪でもひいたのか?」

マンションの中を見回しながら、淳一が言った。

「あなたには人間の心ってものがないの? 冷たい人なんだから!」

真弓が怒っても、淳一はわけが分からず首をかしげるばかりだった。

「やあ、ご夫婦で出勤か」

と、やって来たのは、検死官の矢島だ。

「いつもご機嫌ですな」

と、淳一が言うと、矢島はニヤリとして、

「亡くなった人の前で、不機嫌な顔をしてちゃ、向うも成仏できんだろう」

と言った。「現場は台所の方だ」

「――女の子が来ませんでした？」

と、真弓が訊くと、矢島は目をパチクリさせて、

「女の子？　いつの間に生れたんだ？」

「私のじゃありません！　ここの子です」

「知らんぞ」

「また迷子かな」

淳一は愉快そうに言った。「ありゃなかなかユニークな子だ」

「呑気《のんき》なこと言って！　道田君、ちょっとあの子を捜してよ。私は現場を見てるから」

「分かりました」

――台所の床に、女は倒れていた。

「違うわ、あの母親じゃない」

と、真弓は、少しホッとした気分で言った。

倒れているのは、なかなか上等のスーツに身を包んだ、貫禄《かんろく》充分の中年婦人。

「飛び散ってるのは、何のかけらかしら？」

淳一は、その上にかがみ込んだ。

「――分厚いな。ただの茶碗《ちゃわん》てなもんじゃないらしい。大きな土鍋《どなべ》みたいなもんじゃないかな」

「お鍋？」

「そう。それが凶器だ」

矢島が、指さしたのは、ひとかかえもありそうな、大きな土鍋で、半分近くがパックリと割れて欠けている。

「あれで殴られたんですか？」

真弓が面食らって、「変った凶器だわ」

「相当な重さだからな」

と、矢島は言った。「後頭部を思い切りやられている」

「――死後どれくらい？」

「一時間、というところだろう」

――真弓は、現場へ駆けつけた警官から話を聞いた。通報したのは、この下の部屋の住人だという。

「話を聞いてみましょ。――被害者の身許《みもと》は分かった？」

「バッグの中に、手帳がありました。堀川佳子《ほりかわけいこ》、という名のようです。今、連絡を取っています」

「ありがとう。君、なかなか頼りになるわね」

と真弓に言われて、若い警官は顔を紅潮させた。

「ありがとうございます！」

そこへ道田が顔を出した。

「真弓さん。どこにもいませんが——」

「道田君、どこ行ってたのよ！　下の部屋へ聞き込みに行くわよ。さぼってちゃだめじゃないの！」

「は、はい……」

自分で言いつけておいて忘れているのである。道田は、シュンとして、真弓の後について行った……。

「——下の部屋の人が、凄《すご》い音がしたのを聞いて、通報したのが一時間前。ちょうど死亡推定時刻とは合うわけね」

真弓は、ソファに腰をおろして、「でも、だからって何も分かるわけじゃない！」

「そうがっかりしたもんでもないさ」

フラリと居間へ入って来たのは、淳一である。――もちろん、ここはまだ殺人現場のマンション。台所では鑑識課が働き回っている最中だ。

「あら、あなたどこにいたの？」

「あちこち見て回ってた」

「モデルルームじゃないのよ。――だめよ、下調べをしとこうなんて」

「こんな所へ入るほどケチじゃないぜ」

と、淳一は笑った。「しかし、妙な話だと思わないか？」

「何が？」

「確かに、ここは超高級マンションとは言えないが、それでもそんなに安かない。こんな所に住んでるにしちゃ、あの親子、みすぼらしい格好だった」

「そうね。食い逃げまでしたり……」

「何か、よほどの事情があったんだろう」

淳一は、「ちょっと来てみろ」

と、真弓を促《うなが》した。

「え？」

――ついて行くと、そこは寝室で……。

ベッドが二つ並んでいたが、その一つはいやに可愛《かわい》い花柄のカバーがかけられている。

「あのリカって子と、母親の二人暮しだったようだな」

と、淳一は、戸棚を開けて、「着るものも、男のものは一つもない」

「じゃ、結構苦しかったのね」

「そいつが面白いところだ」

「――何が？」

「見ろよ」

引出しを次々に開けると、シャツだのブラウスだのが入っている。

「サイズがまちまちだわ。それに――古いわね、みんな」

と、少し手に取って眺めてみて、「もらいものだわ、これ」

「ご名答」

淳一は、もう一つの戸棚の前に立って、「問題はこの中だ」

「死体でも入ってんじゃないでしょうね」

「よせよ」

と笑って、扉を開ける。

「――まあ！」

真弓が目を見張った。――毛皮のコートだ。三十――いや四十着はあろう。

「ミンクやチンチラ、シルバーフォックス……。どれも立派なもんだ」

と、淳一が言った。「これだけありゃ、何千万……いや、億を超えるな」

「驚いた！　こんなに持ってて、どうして……」

と、真弓が思わず言った。

「あの子は、毛皮に取りつかれていたんです」

突然、寝室のドアの方で声がして、真弓はびっくりして振り向いた。

「――どなたですか？」

「堀川と申します」

髪が白くなってはいるが、長身の、なかなかスマートな老紳士が立っていた。

「堀川さん……。じゃ、あの――」

「台所で死んでいるのは家内です」

と、その老紳士は静かに言った。

「何だか哀《かな》しい話ね」

と、真弓は言った。

もう夜中の三時を回っている。やっと、淳一ともども家へ帰って来たところだった。

「毛皮なんて、そんなにいいものなのかしら?」

と、真弓はソファに寛《くつろ》いで、首を振った。

「あったかいのは確かだな」

「でも、そのために、他のあらゆることを犠牲にして? ご主人に逃げられてまで、毛皮を手に入れたがるなんて、まともじゃないわ」

と、真弓はため息をついた。「私なら、亭主の方がいいわ」

「ありがたいな」

と、淳一は笑った。「毛皮何枚かと交換されちゃかなわん」

——いや、これは淳一の冗談ではない。

安田雅子《まさこ》——リカの母親だが——は、夫に愛人がいると分かったとき、その女のマンションへ乗り込んで行った。

そして、相手がサファイアミンクの上等なコートを持っているのを知ると、

「そのコートと引き換えになら、うちの主人をあげるわ」

と言ったのだった……。

もちろん、それは当人の話でなく、雅子の父親、堀川の話だったが。

安田雅子は、母親と何かの原因で口論になり、あの土鍋を母の頭に叩《たた》きつけた。そして——姿をくらましてしまったのである。

「そういえば、リカって子、どこへ行ったのかしら?」

と、真弓は思い出して、「道田君に、捜してくれって言っといたのに。全く頼りにならないんだから!」

これでは道田も可哀《かわい》そうである。

「ともかく、あの子は大丈夫さ」

と、淳一はのんびりと言った。「生命力がある。ちゃんと生き抜いて行くよ」

「冷たいのね。自分の子供だったらどうするの?」

「心配なのは母親の雅子の方だ」

「どうして?」

「娘と毛皮。——この大事なものを二つとも放り出して、姿をくらますなんて、考えられないじゃないか」

「じゃあ……」

真弓は、まじまじと淳一を見た。「殺された、とでも?」

「可能性はある。——ともかく、こいつは見かけ通りの事件じゃないと俺は思う」

「へえ」

「金が絡んでるからな。あの毛皮がなきゃ、筋書通りと思ってもいいいんだが」

「そうね。それにリカって子が姿をくらましちゃったのも、変だわ」

「だから問題は——」

と、淳一が言いかけたときだった。

「お帰りなさい」

居間のドアの所に、当のリカが立っていたのだ。「お腹空いちゃった。——何か食べるものない？」

ポカンとしながら、真弓は立ち上がって、

「そ、そうね……ホットケーキなら冷凍してあるけど」

「食べたい！」

と、リカは目を輝かせた。「それと熱いミルク！」

「はい、はい！」

真弓が台所の方へ飛んで行くと、淳一が吹き出してしまった。

——ホットケーキを二枚、ペロリと平らげて、リカは、皿の上のハチミツをきれいになめてしまった。

「おいしかった!」

まるで洗いたてみたいにきれいになった皿を前に、リカが言った。

「——ねえ、リカちゃん。あなたどこにいたの?」

「車の中」

「車の?」

「後ろの座席で眠ってたの」

真弓が先に家に入って、淳一がガレージの扉を開けている間に、そっと車を出て家の中へ入って来たのである。

「参ったな」

と、淳一が愉快そうに言った。「帰りは、俺たちだけだったから、二人とも前に座ってたんだ」

「あなたって本当に神出鬼没ね」

真弓が少々古い言い回しをして、「おばあちゃんが殺されたの、知ってるんでしょ?」

「うん」

と、リカはアッサリと肯いた。

「やったのは――ママ？」

「違うよ」

と、リカが即座に言った。

「じゃ、誰《だれ》なの？」

「知らない。でも、ママじゃない」

「ママがどこにいるか、知ってる？」

「知らない」

と、リカは首を振った。「でも、ママはしっかりしてるから大丈夫だよ」

これじゃ、真弓も調子が狂ってしまう。

「なあ」

と、淳一が言った。「ママがやったんじゃないって、どうして分かるんだ？　仲が良かったのかい？」

「ううん。年中喧嘩《けんか》してた」

「それでも、殺したりはしない、ってことか？」

「お鍋で殴ってたでしょ？　あれ、すごく高いんだよ」

「そう。ママ、ケチだもん。殺すんだって、あんな高いもの使わないよ」

リカの言葉は、確信に満ちていた。

「パパがどこにいるか、知ってるかい？」

「パパ？　うん。他の女の人の所でしょ」

「場所、分かるか？」

「分かるけど……」

と、リカは、ちょっとためらった。「でもここの方がいいよ」

「ここ……？」

「うん。もう少し泊めてよ。大人になったら、払うから、それまでつけといて」

真弓は、苦笑いした。

「いいわよ、ここにいたって。だけど……」

「良かった」

リカは、お腹が一杯になったせいか、欠伸《あくび》をした。「──寝ようかな」

「どうぞ。どうせ、二人とも昼間はいないから」

「うん」

「土鍋のこと？」

リカは、チョコチョコと歩き出したが、途中で振り向くと、言った。「邪魔だったら、遠慮しないで言ってね。私、ソファでだって眠れるから」

――淳一と真弓は、しばし顔を見合わせ、それから、一緒になって笑い出してしまった。

3

「これは奥様」

店の奥から、黒のツイード姿の男が、いかにも抜け目のない笑顔を見せながら、現われた。

「いつもお変りなくお元気で――」

「私、急ぐの」

と、入って来た中年の婦人は、ひどく落ちつかない様子で言った。

「それは残念。とてもいい品が入っておりますので、ぜひご覧に入れたいと思っていたのですが」

と男は首を振って、「では、ご用の向きは……」

「主人と、待ち合わせてるの。遅れると怪しまれるわ」

と、その婦人は、せき込むように言って、「——お金がいるの」

「なるほど」

男の方は、いとも落ちついたものである。

「これ、買っていただけないかしら?」

婦人が、はおって来た毛皮のコートを、サッと脱いで、テーブルの上に置いた。

「こちらですか」

男は、そのコートをちょっと手に取って見ていた。

「品《しな》はいいはずよ。二千万はしたんだから」

「確かに。しかし、買い取るということになりますと……」

「急ぐの。今、お金が欲しいのよ」

「いかほどお望みですか?」

「千……五百万。どうかしら?」

「それはちょっと……」

男は首を振って、「今、この手の毛皮は、割とだぶついておりましてね。正規のルートでなく、売ろうとすると、かなり叩かれてしまいます。せいぜい九百万というところですね」

「そんな！　二千万以上したのよ！」

「お気の毒ですが。——よそをお当りになりますか？」

婦人の方は、しばらくためらっていたが、

「——いいわ。とてもそんな時間、ないの」

と、ため息をついた。「せめて……一千万円で買ってくれない？」

「ふむ」

男は、少し考え込んでいたが、やがて、微笑《ほほえ》むと、「分かりました。長いお付合いですから、サービスいたしましょう。一千と五十万では？」

「ありがたいわ！　今、いただける？」

「お待ち下さい」

と、男は、店の奥の方へ姿を消した。
二、三分で戻って来ると、紙袋を手にしていた。
「こちらに、現金で。お確かめ下さい」

「信じてるわよ。助かったわ！」

婦人は、紙袋を受け取ると、中を見ずに、「じゃ、くれぐれも——」

「ご主人には秘密に。承知しております」

と、男は頭を下げる。

婦人は、表に出ると、待たせてあった外車に、飛び込むように乗って走り去った。

窓からそれを見送った男は、残された毛皮を取り上げて眺めていた。

「——うまくやってるじゃないか」

と、声がした。

「誰だ?」

男がギクリとして、振り向く。

毛皮の並んだ一隅から、姿を現わした男を見て、

「——何だ、お前か」

と、ホッとしたように言った。「久しぶりじゃないか」

「全くだな」

と、淳一は言った。

「ずっとそこにいたのか?」

「少し前からだ」

「相変らずだな」

と、毛皮商の男は笑った。「どうだい、商売の方は？」

「まあまあだ」

淳一は、今の婦人が売って行った毛皮を手に取って、「こいつを、いくらで売りつけるんだ？」

「二千は固いな。今、まともに買えば三千万近くするんだ」

「こんなもんがね」

と、淳一は首を振った。「面白くも何ともないけどな」

「ちょうど頼まれてたんだ」

と、男は言った。「若い愛人に、買ってやりたい、と言う男がいてね」

「へえ。そいつに売りつけるのか」

「今、それを売って帰った女の亭主さ」

男はニヤリと笑った。「奥方の方も、若い男に入れあげてるんだ。いい勝負ってとこだな」

「金持の道楽にゃ付き合えないね」

淳一は笑って言った。「ところで、仕事の話なんだが」

「お前が毛皮に手を出すのか？　珍しいじゃないか」

「俺がやるんじゃない。——まあ、詳しくは話せないが、結論としちゃ、上質の毛皮が、かなり大量に手に入る」

「ふむ。やばいしろものじゃないだろうな」

「俺がそんなものを売りつけると思ってるのか?」

「いや、悪かった。つい、反射的にそう訊いちまうんだよ」

「品物は確かだ。買うか?」

男は、肩をすくめて、

「お前の話を断る手はないな」

「よし、じゃ、任せてくれ」

「何枚ぐらいだ?」

「そいつはこれからだよ」

淳一は、ちょっと気をもたせるように言って、「じゃ、また来るぜ」

「待ってる。夜中でもいい。電話してくれ」

男は、淳一の後ろ姿へ声をかけた。もう、淳一は足早に、表に出てしまっていた。

「毎度どうも」

作業服姿の男が、校門を入って行く。

「やあ。今日は何だね」

と、暇そうな門衛の老人が声をかけた。

「給食室の配管が通りが悪いらしいんですよ」

「そうか。何しろ、これだけの学校だからな。年中何かあっても当り前だね」

「そちらを直せばまたあちらで」

と、作業服の男は笑って言った。

「古い学校だからな」

「あんまり古いパイプだと、部品がないんですよね。しかし、全部取り換えるとなったら、大工事だ」

「その内、校舎を建て直すだろう」

と、門衛が言った。「ま、それまでは頑張ってもらうんだね」

「そうですな。――じゃ」

「ご苦労さん」

門衛は、暇を持て余しているのだろう、もう少し話したそうだったが、工務店の男は、足早に学校の中へと入って行った。

――その内、建て直す。

もう十年も前から、この私立学校の関係者はそう言っているのである。しかし、都心にあって、新校舎の工事は容易なことではなかった。

名門校でもあり、金持の子供が多く入学していることでも知られているだけに、いざ建て直しとなれば、費用を集めるには苦労しないだろう。

しかし、古い卒業生には、

「この古ぼけた建物がいいんだ」

という意見も多く、なかなか具体化はしていなかった。

――修理は、思ったほど長くはかからなかった。

工務店の男は、工具の箱を下げて、門の方へ戻りかけ、途中で足を止めた。

建物の前に、掲示板がある。〈父母会のお知らせ〉という貼《は》り紙がしてあった。

男は、それをチラッと眺めてから、校門の方へ歩いて行った。

門のわきに停めてあったライトバンの前に、女が立っていた。

「――何か？」

と、男が声をかける。

「安田さん？」

「ええ。──あなたは？」

「警視庁の者です」

この女──真弓である。

「刑事さん？」

安田は、証明書を見て、びっくりした。

「驚いたな。──いや、失礼。あのことですね、雅子が……」

「ええ」

と、真弓は言った。「ちょっとお話をうかがいたいんですけど」

「もちろん」

安田は肯いた。

「──奥さんと別れたのは、恋人ができたせいだったんですか？」

近くの喫茶店に入って、苦いコーヒーを一口だけ飲んでわきへ押しやってから、真弓は訊いた。

「ええ」

安田は肯いた。「馬鹿をしたもんです。──まあ、雅子の毛皮への執着も、まともじゃなかったけど。今思うと、雅子は病気だったんじゃないかな」

「というと?」

「一種のノイローゼというか……。結局、私が仕事ばかりに精を出して、構ってやらなかったのが、いけなかったのかもしれません」

と、しおらしく言った。

「今、その恋人とは」

「別れました。というより、逃げられたんです」

安田は苦笑した。「会社が倒産しましてね。――今は、工務店で配管をやっています。一人で食って行くのがせいぜいですよ」

「そうですか」

真弓は、こういう男性に、同情しない主義である。自分で選んだ道なのだから、その結果も引き受けるべきだ。

「雅子さんの母親が殺されたの、ご存知でしょ?」

「ええ。雅子がやったとか……。本当ですか?」

「捜査しているところです」

「姿をくらましてしまったそうですね」

「あなたの所に連絡はありませんでした?」

「いや、全然」

と首を振って、「今さら僕を頼りにはしないでしょうね」

「彼女が母親と不仲だったとか、聞いたことはありました？」

「そうですね……。離婚したんだから、実家へ戻ればいいと言っていたようですが。

しかし、殺したっていうのはね。よく分かりません」

「雅子さんがやったと思います？」

安田は、少しためらった。

「それは何とも……。きっと苛々《いらいら》してたんじゃないでしょうか」

「なぜあのマンションに住んでたんでしょうね？」

「分かりませんね。もう別れて二年以上もたっているし――」

安田は肩をすくめた。

「その間、会ったことは？」

「一度も。こっちも、会社が倒産したりして、大変でしたからね」

「お子さんとは？」

「リカですか。――会いたいと思いますが、私を憶《おぼ》えてないかもしれませんね」

安田は首を振った。「今はどこに？」

「ええ、気のいい人がいて、預かってくれていますわ」

「そうですか。元気ですか、あの子?」

「そりゃもう、元気一杯」

「それなら良かった」

安田は肯いた。「しかし、もし雅子が犯人だったら、リカは……」

「刑務所行きとなれば、リカちゃんはきっと堀川さんが引き取るでしょう」

安田の顔が、急にこわばった。――それまで、ほとんど表情らしいものもなかったので、それはギョッとするほどの変化だった。

「あの男はだめです!」

と、安田は強い口調で言った。

「だめ?」

「あんな男に、リカを任せちゃいけません! それなら――施設に預けた方がずっといい。そうですとも!」

安田は、ひどく興奮した口調でそう言ってから、急にハッと口をつぐんだ。そして、ゆっくり息をついて、

「――すみません」

と、静かに言った。「ついカッとなってしまって……」

「堀川さんが嫌いなようですね」

と、真弓は言った。

「ええ……当然でしょう。あちらだって、娘を捨てて他の女と一緒になった男なんか、気に入らないでしょうしね」

「それはそうですね」

と、真弓は肯いた。「——結構です。お仕事のお邪魔をして、すみませんでした」

「いや、とんでもない」

「もし、雅子さんから連絡でもあったら、知らせていただけると……」

「分かりました」

安田は、何だか落ちつかない様子で、店を出て行った。

隣の席にいた淳一が、真弓の方へ移って来る。

「——何だかわけがありそうね」

と、真弓は言った。「堀川を、ひどく嫌ってたわ」

「もちろん、わけがあるのさ」

と、淳一は言った。

「リカちゃんのことを、あんまり気にしてないみたいだったから、冷たい奴なのかな、と思ったんだけど、堀川の名を出したら、急に……」

「気にしてるってことさ」

「じゃ、なぜ、自分で引き取るとか、会いたいとか言わないの？」

「自分にその資格がないと思ってるんじゃないかな」

「どういうこと？」

「そういうことさ」

と、淳一がとぼける。

こういうときにしつこく訊いてもむだだと分かっているので、真弓は話を変えた。

「あの子、どうしてる？」

「至っておとなしいぜ。たぶん家にいるだろう」

「道田君は？」

「表の車の中さ。居眠りでもしてなきゃいいけどな」

リカが母親に会いに行ったりすることを考えて、一応道田に見張らせてあるのだ。

「さて、と。俺は家へ帰るぜ」

「私はまだ本部に用があるの」

「ご苦労だな」

――店を出ると、真弓が言った。

「もし道田君が眠ってたら……」

「叩き起こせ、だろ?」

「起こさなくてもいいわよ」

と、真弓は言った。「その代り、車のエンジンかけて、勝手に走らせてやって」


家が見えて来た所で、淳一は、おや、と思った。

表の車の中に、道田の姿が見えないのである。――どこかへ行ったのか、それとも本当に中で居眠りでもしてるのかな。

淳一が歩いて行くと、

「今野さん」

と、低い声がした。「今野さん。――こっちです」

振り向くと、道田が、車の中でなく、外に――それも、わきに身をかがめて隠れているのが目に入った。

「やあ。何やってんだ?」

「しっ！　大きな声を出さないで下さい」

道田が手招きする。

何事だ？　淳一は、やや緊張しながら、道田のそばに身を沈めた。

「——どうしたんだ？」

「静かに！　聞きつけられちゃいますよ」

足音がした。タタッ、と小走りに。

そして、

「見付けた！」

と、リカの明るい声が頭の上から降って来た。

「あーあ、畜生！」

道田が悔しそうに指を鳴らす。「また見付かっちゃった」

「大体、考えることがありきたりよ」

と、リカは手厳しい。「じゃ、今度は、あんたがオニよ」

「今度は絶対に見付けてみせるぞ」

「一度も見付けたことはないじゃないの」

と、リカは馬鹿にしたように言った。「それでよく刑事やってられるわね」

「何だと！　よし、見てろ、今度こそ……」

道田はすっかり本気になっている。

「はい、目をつぶって。──二十、数えるのよ！」

リカが駆けて行く。道田は、大真面目《まじめ》に、

「一、二、三……」

とやって、「二十！　もういいかい」

「まあだだよ」

と、声が返って来る。

──淳一は、呆れて眺めていたが、やがてちょっと笑って、

「日本は平和だぜ、全く」

と呟くと、家の方へ歩いて行った。

4

豪華な外車が、校門を入って行った。

「大したもんだね」

と、門衛の老人が首を振って呟く。

校庭の一隅には、ちょっとした「モーターショー」も顔負けの高級車がズラリと並んでいる。もちろん、放課後。いや、今日は午前中で授業も終っている。

「やあ」

と、門衛が、いつものライトバンに手を振った。「また仕事かね」

「ちょっと、この間のパイプを取り替えなくちゃいけなくてね」

と、安田が、運転席から顔を出す。「車ごと入ってもいいかな?」

「構わんよ」

「今、凄い車が入ってったね」

「今日は父母会さ。みんなめかしこんで大変だよ」

と、門衛がニヤリと笑った。

「じゃ、入らない方がいいかな」

「大丈夫さ。ただし、車に傷なんかつけるなよ。いくら取られるか分からないぜ」

「百メートル離して停めるよ」

と、安田は笑った。「それじゃ」

「大分かかりそうかい?」

「いや、そんなことはないよ」

安田がライトバンを、校門の中へと乗り入れた。

――講堂のわきへ、ライトバンを停める。

父母会に出る母親の一人が、外車を出て、講堂の方へと歩いて来た。

凄い毛皮のコートをはおっている。毛皮のコートが必要な気候でもないのだが。

講堂の外に、ちゃんとコートかけが並んでいて、そこにズラッと、いずれ劣らぬ毛皮のコートが整列していた。

新しくやって来た母親は、空いたフックを見付けて、そこに無造作にコートを引っかけると、扉を開けて、中へ入って行った。

扉が開いている間、中での、演説らしいものが、洩《も》れ聞こえ、扉が閉じると、また静かになった。

安田は、ライトバンを出ると、周囲を見回した。

人の気配はない。――ここは、校庭の方からも、建物のかげになって、見えない。

安田は、急いでライトバンの運転席に戻ると、エンジンをかけ、講堂の表、ぎりぎりに寄せた。

外へ出ると、バンの後ろを開け放ち、ズラリと並んだ毛皮のコートを、一度に五、六枚ずつ、引っかかえては、バンの中へと放り込んで行った。

全部をバンの中へしまい込むのに、三分とはかからなかったが、安田には、何十分にも思えたろう。

終ったときは、汗をびっしょりかいていた。運転席へ戻って、エンジンをかける。

――校門を出るとき、門衛はたまたまタバコを喫《す》いに行っていて、姿が見えなかった。

安田は、ホッとした。

ライトバンは、たちまち車の流れの中へと消えて行った……。

この日、校長の訓話はいつになく長くかかった。――一時間の予定が、終ってみると一時間四十分もかかっていたのである。

「――いいお話でしたわね」

「本当に」

拍手で目が覚めたのに、まことしやかに肯《うなず》く母親もいた。

扉が開くと、ゾロゾロと母親たちが出て来たが……。

「あら」

「コートは?」

誰もが、当惑顔で、突っ立っている。

「変ねえ。一つもないなんて」

「きっと、どこかで預かって下さってるのよ」

「クロークはどこかしら?」

ホテルと間違えている。

「——どうかなさいましたか」

と、やって来たのは、学校の事務長だった。

母親たちにもなじみである。

「あら、事務長さん。コートを預かっていただいて済みません」

「はあ……」

「どちらに置いてありますの?」

「コート……ですか?」

と、事務長は言った。

「ええ、ここにかけておいた私のミンク」

「私はチンチラです」

「私はタヌキ」

と言うのはいなかったが、それはともかく、

「ちょっとお待ちを」

事務長は、いやな予感がして、あわてて駆け出して行った。

戻って来るのに、十分ほどかかった。——事務長の顔は、青ざめていた。

「皆さん」

と、事務長は言った。「大変申し訳ないことになりました……」

何となく、みんなが静かになる。

「皆さんのコートは……その……盗難に遭ったようです」

「まあ」

と、一人が言った。

「このところ、いくつかの学校がやられていて、注意されていたのですが……。誠にどうも……」

しばし、沈黙があった。

「——それで、どうなりますの？」

やっと、一人が訊いた。

「はあ。本校としては、これが新聞にでも出ますと、学校の名にかかわる、ということでして……。しかし、もちろん、大変に高価なものですから、皆さんもお困りのことと存じますが……」

また、しばし、静寂。——誰しも、こわばった顔をしていたが、口を切ったのは、とりわけ目立つ、赤いスーツ姿の母親だった。

「仕方ありませんわね」

と、その女性は言った。「どこかへ忘れて来たと思えばいいんですから。——じゃ、失礼します」

と、さっさと歩いて行ってしまう。

「そうね。今日はそう寒くもないし、コートなしでもちょうどいいわ」

「もうあのコート、古いから、飽きてたとこでしたの」

「あら、私も」

「今度、子供のお人形のコートにでもしてしまおうかと思ってましたのよ、ホホホ」

——ゾロゾロと引き上げて行く母親たちを見送って、事務長は、ホッと汗を拭《ぬぐ》った……。

ライトバンは、あるマンションの駐車場へと入って行った。

かなりのスペースだが、車は二、三台しか置いていない。ライトバンがエレベーターの前で停ると、ちょうどエレベーターの扉が開いて、中から出て来た男がいた。

「ちょうど上から車が見えたんでね」

と言ったのは、堀川だった。

安田は、ライトバンから出ると、体中で息をついた。

「――もうごめんだ」

と、安田は言った。「途中、パトカーを見る度に、心臓が止るかと思った。もうこんな思いをするのはいやだ」

「ほう」

堀川は、ちょっと笑って、「いやに気の弱いことを言うじゃないか」

「何とでも言ってくれ」

安田は首を振って、「ともかく、これきりにしよう。僕はおりる」

「やめたところで、これまでやった罪は消えないぞ」

と、堀川は言った。「それに、金も入らなくなる」

「何とかするさ」

「どうやって稼ぐ？　まともに働いては、金は手に入らん」

「もう限界だよ」

安田は額の汗を拭った。「今日だって、門衛は僕の顔を見ている。怪しんでるかもしれない」

「証拠はないさ。学校側は絶対に訴えん。大丈夫だ」

「それだけじゃない」

と、安田は言った。「――確かに、あんたは失業した僕を拾ってくれたが、要するに、自分の手を汚したくなかっただけだ」

「充分金は出したぞ。だから、女の情夫だったヤクザに指をつめられずに済んだんだろう」

「分かってる。しかし、僕のことだけじゃない」

「というと？」

「こんなことをしてりゃ、いつかは捕まる。そうなったとき、リカが……」

「リカのことを気にしてるのか？」

と堀川は笑った。

「そうとも。あの子に、父親が逮捕されたって記事を読ませたくない」

「そうか」

堀川は、真顔になった。「しかし、そう簡単に抜けるわけにはいかんぞ」

「脅すのか」

安田は、じっと堀川を見つめた。「分かってるんだぞ」

「何のことだ？」

「奥さんを殺したのが、あんただってことさ」

堀川には不意打ちだった。サッと青ざめた。

「──あんたが何をやってるか、奥さんは気付いてたんだ」

「嘘だ」

「本当さ。僕の所へ、奥さんは相談に来たよ。──まさか僕までがあんたと組んでるとは思いもしなかったんだろう」

「あいつが……？」

「女がいることも、とっくに承知だった。しかし、それは私が我慢すればいい、と言ってた。でも、悪いことだけはやめてほしい、とね」

「しゃべったんだな、貴様！」

「僕は言わない」

と、安田は言った。「娘のことが心配で、あのマンションへ行ったとしても、おかしくはないじゃないか。留守のところへ上がって、あの毛皮を見た。――あんたは後をつけてたんだろう」

「見たようなことを言うな」

堀川は、ゆっくりと息をついた。「――そうとも。私がやったんだ。佳子の奴、一一〇番すると言ってきかなかったからな」

「雅子が疑われてるんだぞ！　自分の娘が殺人犯になってもいいのか？」

「雅子は、私の子じゃない」

と、堀川は言った。「佳子の連れ子だ。どうなろうと一向に構わん」

「――何て奴だ！」

安田が拳《こぶし》を固めて、殴りかかる。

堀川が身を引いた。手にナイフがあった。そこへ、安田が自分からぶつかって行く格好になった。

アッ、と短く叫んで、安田は腹を押えて、うずくまるように倒れた。――堀川も、愕然《がくぜん》として立っていた。

「ナイフを捨てなさい」

と声が響いた。

真弓が、拳銃《けんじゅう》を構えて立っていた。

「畜生！」

堀川がナイフを投げつけた。真弓が素早く伏せる。その間に、堀川はライトバンへ飛び乗っていた。

エンジンがかかり、ライトバンがUターンして走り出す。

真弓は、正面から銃弾を撃ち込んで、パッとわきへ飛んだ。ライトバンが、キーッとタイヤのこすれる音をたてて、急カーブし、傾いた。

ライトバンが激しく駐車場の柱へぶつかる。

真弓は、安田へ駆け寄った。

「しっかりして！　今、救急車を呼ぶからね！」

と、声をかけたとき、ドーン、とあたりを揺るがすような轟音《ごうおん》と共に、ライトバンが火を噴いた。そして、アッという間に、炎に包まれていた……。

「おめでとう」

と、真弓は言った。「これで、ママの疑いは晴れたのよ」

「うん」

リカが嬉《うれ》しそうに肯く。

――今野家の食卓である。真弓の手料理、それに、ケーキ、フルーツと、いつにない（？）ごちそうが並んでいた。

「パパは助かるの？」

「そうよ。しばらくは入院して、それから、ちょっと刑務所に入らなきゃね。でも、そう長くはないわ」

「それなら良かった」

と、リカは笑顔で言った。

「ねえ、リカちゃん。ママがどこにいるのか、もう教えてくれてもいいでしょ？」

と、真弓が言うと、

「いいよ。――ママ、入っといでよ」

と、リカが声を上げた。

そして、本当に――安田雅子が、そこに立っていたのである。

「まあ！　手品みたい」

真弓は唖然としていた。

「色々ご迷惑をおかけしました」

と、雅子は頭を下げた。

「いいえ。でも――今までどこに?」

「ママはね、二階の洋服ダンスの中にいたんだよ。リカが食べるもの、運んだの」

と、リカが言ったから、真弓はまた目を丸くした。

「ここの二階?――驚いた!」

「リカのアイデアなんだもん」

と得意げである。

淳一は笑いながら、言った。

「リカちゃんにゃ、完敗だな。――ともかく一緒に食事をしよう」

――にぎやかな夕食になった。

「私、主人を愛してますの」

と、雅子が言った。「ちょっと気が弱くて、他の人に引きずられるタイプなんですけど、でも悪い人じゃないんです」

「それで、あのマンションに頑張ってたんですね?」

「はい。私、買い集めた毛皮を一枚ずつ売って、生活していました。毛皮は主人の代りにはなりませんもの」

「じゃ、戸棚の中のは——」

「イミテーションだったのさ、本当は」

と、淳一が言った。「ところが、堀川が、あれに目をつけて、盗んだ毛皮を隠しておくのに利用したんだ。自分の所に置いておけないからな」

「それを奥さんがかぎつけたのね。——お気の毒だったわ」

「本当に……。でも、主人が助かったんですから。それに、この子もいますし」

と、雅子は、目を潤ませながら、リカの頭を撫《な》でた。

「——でも、焼けたライトバンに積んであった毛皮、しめて何億円でしょうね」

と、真弓が言った。「もったいなかったわ」

「全くだ」

と、淳一は言った。「一枚だけだがな」

「一枚だけ？」

「いや、何でもない。——おい、電話が鳴ってるぜ」

真弓が立って行く。

一枚だけは、仕方なかった。——遅れて来た母親のコートだ。

それ以外の、講堂の外にかかっていたコートは、全部、安田が来る前に、イミテーションとすりかわっていたのである。もちろん、淳一の手で……。

「——ねえ、リカちゃん」

と、真弓が不思議そうな顔で戻って来た。「道田君からよ。果し合いの申込みですって。明日の午後一時に、この近くの公園で待ってるって」

「分かった」

と、リカが肯く。「むだだと思うけどなあ」

「道田君、今度は負けない、って言っといてくれって……。リカちゃん、道田君と何してたの？」

淳一は、笑いをかみ殺しながら、道田には勝ち目がないな、と考えていた。

星に願いを

1

「あーあ」

今野真弓は快く目覚めて、大きく伸びをした。

二十七歳の人妻としては、こういう爽《さわ》やかな気分で目が覚めたとき、同じベッドに、愛《いと》しい夫の姿がないと、物足りないものである。

しかし、夫の淳一は、何しろ忙しい。いや、時間的に不規則な、「泥棒」という職業なので、いつも一緒に寝るというわけにはいかないのである。

「あら、珍しい」

——真弓は、淳一が同じベッドでスヤスヤと眠っているのを見て、ニッコリ笑った。

「くすぐって、起こしちゃおうかな」

どうも、年齢の割に子供じみているが、この真弓、公務員なので、多少は気が若い方がいい。——といっても、捜査一課の刑事が、あんまりうわついていてもちょっと困ることがあるが……。

「ねーえ、私の坊や……」

なんて囁《ささや》きながら、真弓は、そっと淳一の方へすり寄る。

ふと——目を上げて、真弓は、アッと声を上げるところだった。

薄暗がりの中にもはっきりと、金髪の女が目に入ったのだ。

——いつの間に！　しかも私のいる寝室へ連れ込むなんて！

カーッとなると止らない真弓である。ベッドから裸のままで飛び出すと、バッグをつかんで、中から拳銃《けんじゅう》を取り出した。

「動くな！」

と、その金髪の女へと突きつけたが——何と、その女の方も、拳銃を構えていたのである。

「逆らったら、射殺するわよ！」

と、真弓は叫んだ。

「おい、どうしたんだ？」

と、淳一がベッドで起き上がる。

「どうもこうも――。いつの間に、金髪女なんか連れ込んだのよ！」

と、真弓が金切声を出す。

「おい……、落ちつけよ」

「これが落ちついていられますかって……」

淳一が明りを点《つ》けると――真弓は、それが鏡だったことに気が付いた。

「お前、ゆうべ金髪に染めて帰って来たじゃないか。マリリン・モンローそっくりだとか言われて、その気になって、お尻《しり》を振りながら歩いてたぜ」

「そう――だったっけ」

真弓は、ポカンとして、鏡の中の女を見つめていた。

「何か着ろよ。風邪引くぞ」

真弓は、とたんにクシャミをして、もちろん、鏡の中の金髪の女も、当然クシャミをしたのである。

「あったためてー」

真弓は、ベッドの中へ飛び込んだ。

「おい！　拳銃を——置いて来いよー」

淳一が悲鳴を上げた……。


「——ああ、さっぱりした」

バスルームから出て来た真弓は、元の通りの黒髪だった。「やっぱりこの方がいいわ、スッキリして」

「命も安全だしな」

と、淳一は言った。

「あら、それ、どういう意味？」

真弓は澄まして言った。

二人は、ダイニングキッチンで、朝食を取っていた。

「ナンシー・レイノルズが来るんだ」

「へえ。それ、誰《だれ》？」

「知らないのか？　ハリウッドのスターだぜ」

「そんな人、いた？」

真弓は、淳一の持っていた新聞を覗《のぞ》き込んだ。——見るからにアメリカ女性らしい、明るい美貌《びぼう》の女性。そしてまぶしいようなブロンドだった。

「何か、古いタイプの美人ね」

と、真弓は言った。「私の方が八〇年代向きよ」

「当り前だ」

淳一は笑って、「ナンシー・レイノルズは三十年も前のスターだ。今は引退して、のんびり暮してるのさ」

「何だ、道理でね。——でも、その引退した元スターが、日本へ何しに来るの？」

「観光旅行だろ。知り合いの日本の映画人と会うのが楽しみだ、とコメントが出てるな」

「でも、そういう昔の美人って、あんまり見たくないわね。がっかりしちゃうじゃない」

「そうか？　美しく年齢《とし》を取るってのも、いいもんだぜ」

「私は、まだ本当に若いわよ」

と、真弓は強調した。「——あら、誰かしら」

玄関のチャイムが鳴ったのである。

「道田君だろう。——ゆうべ、お前が言ったのを真に受けてたら、ちょっと面白い」

「私、何か言った？」

真弓は玄関へ出て行き、ドアを開けた。「道田君、おは――」

髪を茶色に染め、サングラスをかけ、白のスーツにピンクのシャツ、白の靴をはいた道田が、

「よお、姉《ねえ》ちゃん、お目ざめかい？」

と言った。

真弓は、引っくり返った。


「――馬鹿《ばか》正直にもほどがあるでしょ！」

真弓はかみつきそうな口調で言った。

「すみません……」

道田がションボリしている。

「そう責めちゃ可哀《かわい》そうだぜ」

と、淳一が笑いながら、「ほら、頭をよく拭《ふ》けよ」

――髪を洗って、道田は、タオルでせっせと拭いている。

「でも――服や靴の方は仕方ないわね」

真弓は外出の仕度をしている。「どこへ行くの？」

「Kホテルですよ」

と、道田は言った。「真弓さん、忘れちゃったんですか」

「忘れちゃいないわよ」

と、真弓は言い返した。「憶《おぼ》えてないだけよ」

「ゆうべ、その話をしてて、僕にこの格好で来い、と――」

「そうだった？」

ちょっと酔っ払うと、こうなのである。「仮装大会か何かに出るんだっけ？」

「いいえ、ナンシー・レイノルズの歓迎パーティですよ」

「ナンシー・レイノルズ？」

真弓は目を丸くした。

「そりゃ、聞き捨てならないな」

と、淳一が言った。「俺《おれ》は彼女の大ファンなんだ」

「じゃ、ご主人も一緒にどうです？」

道田が気楽に言った。

「だめよ、そんな！――仕事じゃないの」

「だって、真弓さん、ゆうべは、『こんなの遊びと同じだ』って言ってましたよ」

「そ、そうだった？」

真弓は、目をそらして、「でも――高い宝石とか、そんなものがあるんじゃないの？」

「本物はパーティにゃつけて来ないものさ」

と、淳一が言って、「決った！　すぐ仕度するから待ってくれ」

と姿を消す。

真弓は、ちょっと不安そうに、

「ねえ、それで私たち、そのパーティに何しに行くわけ？」

「ナンシー・レイノルズの護衛ですよ、もちろん」

道田は、ピッと背広の裾《すそ》を引張って、「ピタッとそばについてますから。金髪がとてもきれいだそうですよ」

真弓は面白くなかった。――すべてにわたって、面白くなかった！

しかし、パーティに出てみると、真弓は大喜びだった。

何しろ、客はほとんどが映画人。監督とかプロデューサーもいるが、スターが大勢来ているのだ。

「あ、ほら、あそこに立ってる人――」

とか、

「ね、今、そばにいたの――」

と、いちいちけたたましい。

「いいのか、肝心のナンシーの方は?」

淳一が、キャビアをのせたクッキーをつまみながら言った。

ホテルの大広間を使った、豪華なパーティである。三百人以上はいるだろう。しかも、女優たちは派手な――というより、奇抜な衣裳《いしょう》で来ているので、目の方も飽きずに済む。

「だって、まだ現われないのよ、彼女」

真弓も、いい加減あれこれつまんで、大分満腹している。

仕事の内容を聞いて、真弓が着替えて来たのは言うまでもない。白のドレス。――一応、仕事に差し支えないように、かかとの低い靴を選んではいるが。

淳一の方は、タキシードでビシッと決めている。女優の中にも、チラチラと淳一の方へ目をやっているのが二、三人いた。

「本当に来るのか？」

と、淳一は言った。

「でしょ。私も一目見たいわ」

「どうして護衛がいるんだ？　別に、政治絡みじゃあるまい」

「どうしてもナンシーに会いたいって、男の電話が大分前から、かかってるんですって。少しおかしいのね」

「そういう手合いが結構いるものなんだ」

「だから、彼女に万一のことがあっちゃいけないっていうんで——。特に、警視庁に依頼があったのよ」

「よりによって、お前にな」

「そりゃ、パーティのムードをこわさない刑事っていったら、私ぐらいしかいないもの」

真弓は、完全に自信に溢《あふ》れていた。

「あれはどうだ？」

淳一が指さす方には、道田刑事の姿があった。立食形式のテーブルの食べものを、あさるようにして食べている。

「だめねえ。注意してやらなくちゃ」

真弓が歩き出しかけたとき、サッと照明が落ちた。

「——みなさん！」

馬鹿でかい声のアナウンスが広間に響きわたる。「お待たせしました。我らのスター、ナンシー・レイノルズの登場です！」

「行けよ」

と、淳一は、真弓をつついた。

「でも、どこにいるの？」

「あのライトだ」

スポットライトが、会場を走り、広間の入口を照らすと、そこに、純白のドレスに身を包んだ、輝くようなブロンドの美女が立っていた。

喚声と、ため息。——そして割れんばかりの拍手。

「大したもんだ」

と、淳一が、首を振った。「もう六十歳を越してるんだぜ」

「信じられないわ！」

と、真弓も目を丸くして、「十代に見える！」

「オーバーだ。——おい、そばへ行ってろよ」
「あ、そうね」
「頼りねえ刑事だな」
真弓は、人をかき分けて、進んで行った。
正に驚異的だった。——三十年前のポートレートと、ほとんど変っていない。
少しふっくらとして、体全体に、肉付きがよくなったかな、という程度である。
ナンシー・レイノルズは、ライトの中を進み出ると、両手を高々と上げた。
ワーッと歓声が起る。
真弓が、やっと人垣を分けて前に出たのは、このときだった。
ナンシーが入って来たドアは、開いたままになっていた。
そこから——突然、男が一人、飛び込んで来たのである。
汚れた上衣《うわぎ》とズボン、髪をふり乱したその男は、ナイフを手に、背中を向けている
ナンシーに向って、突っ込んで行った。
真弓も、一応は刑事である。こういうときのために、訓練しているのだ。
駆けつけても間に合わない！
真弓は、バッグから小型の拳銃を取り出した。構えて、引金を引く。

──○・何秒かの差だったろう。足を狙《ねら》ったつもりだった。しかし、男は、胸を押えて、ドッと前のめりに倒れたのだ。

──騒ぎが起るまで、何秒か、沈黙があった。

ガードマンが、ナンシーをかばって、素早く広間から連れ出す。そして明りが点《つ》いた。

続く大混乱の中で、真弓は、ただぼんやりと、自分が射殺した男を見下ろして立っていた……。

2

「足だったのよ」

と、真弓は言った。「本当に足を狙ったのに──」

「分かってるよ」

淳一は、真弓の肩を叩《たた》いた。「そう落ち込むな。人間にゃ、どうしようもないことってのがあるものなんだ」

「そうね……」

真弓は、ため息をついた。

ここは――ホテルの一室。

といっても、二人で仲良く泊っているというわけではない。あの大騒ぎの後、事態を収拾するための捜査本部（？）が置かれて、この一室が、それに当てられているのである。

「――どうぞ」

ホテルの女の子が、コーヒーを運んで来てくれる。

「ありがとう」

真弓は、カップを取り上げた。

「――真弓さん！」

と、道田が息を切らしながら部屋へ入って来た。

「どうしたの？　百メートル競走でもやってたの？」

と、真弓はご機嫌ななめである。

「いえ――大騒ぎで。ナンシー・レイノルズは血圧が上がって、部屋で寝てるそうですよ。医者も来て、大変らしいです」

「こっちも医者がほしいわ」

と、真弓は言った。「あの男は？」

「まだ身許《みもと》が分からないようです」

「生き返らなかった？」

「は？」

「いいの。――ともかく、何か分かったら、教えて」

「はい」

道田は、肯《うなず》いて、「――しかし、凄《すご》かったですねえ！　手練の早射《はやう》ち！　目にも止まらぬ鮮やかさでしたよ。みんな唖然《あぜん》としてましたね」

真弓はジロッと道田をにらんだ。

「いい？　やたらに人を撃っていいってもんじゃないのよ」

「はあ。しかし、あの場合は――」

「足を狙ったのよ。それなのに……」

淳一が、道田を促《うなが》して、廊下へ連れ出すと、

「人を殺した、ってショックで、今はボーッとしてるんだ。そっとしといてやれよ」

と言った。

「そ、そうですか」

道田は頭をかいて、「どうも僕は鈍くて……。やはり真弓さんは、優しい人なんですね……」

と、改めて感激している。

そこへ、やたら太った男がノソノソとやって来た。タキシードなど着ているところを見ると、あのパーティに出ていた男らしい。

「失礼――」

と、淳一に目を止めて、「あの勇敢な女刑事さんはどちらかな?」

「中ですがね」

と、淳一は言った。「少々気が立ってますから、入るとかみつかれるかもしれませんよ」

「あんたは?」

「僕はその亭主です」

「そうですか!」

男はニヤッと笑って、「私は、ナンシーを呼んだ団体の責任者で、安西《あんざい》というもんです。いや、本当に助かった! ぜひ一言礼を言いたくてね」

「それはどうも。女房に伝えときましょう」

と、淳一は素気なく言って、「ところで、あの男ですが、前に見たことは?」

「いや、一向に」

と、安西というその太った男は首を振った。

ほとんど首はないくらいだったのだが。

「しかし、警視庁に、わざわざ護衛を依頼するというのは、前からよほど何か危険なことがありそうだと分かっていたわけでしょう?」

「そうですな。——事前に電話はあったんですよ。ナンシーが来たら、どうしても会いたい、とね」

「誰です、それは?」

「それがあの男——」

「間違いなく?」

「いや、そう言われるとね」

と、安西は肩をすくめた。「あの男の声を聞いたわけじゃないから」

「前から電話して来ていた男については、全く調べなかったんですね?」

「調べようがありませんよ。ともかく名前も会いたいわけも、何も言わないんですからな」

「会いたいというのと、殺そうとするのじゃ、大分違うような気がしますがね」

「そりゃまあね。しかし、ああいう手合いも結構いるものなんですよ」

安西は、はぐらかすように言って、「——ああ、それから、奥さんに伝えて下さい。ナンシーが、元気になったら、ぜひ直接お礼を申し上げたいと言っているからと」

「伝えましょう」

淳一は肯いて、安西という男が戻って行くのを見送っていた。

「——妙な話だ」

「え？」

そばにいた道田が、淳一を見た。

「道田君、一つ頼まれてくれないか」

「はあ、何でしょう？」

「ナンシーの部屋を見張っていてくれないか。この何時間かでいい。誰か男が出て来ないかどうか、見ていてくれ」

「分かりました。男ですか」

「たぶんね」

淳一は、部屋の中へ戻った。

「あなた……」

真弓が、何だか恨めしげな目つきで、にらんでいる。

「何だ？　どうした？」

「私がこんなに悲嘆にくれているっていうのに、放っとくなんて、ひどいじゃないの！」

「いや、悪かった」

淳一は、真弓を引き寄せ、ギュッとキスした。――そこへホテルの支配人が顔を出して、

「あの――」

と言ったが、淳一と真弓のラブシーンを見て、口をつぐんだ。

ホテルマンというのは、どこで、何が起ろうと、びっくりしてはいけないのである。

「――俺が愛してることが分かったろ？」

と、淳一が言った。

「よく分かったわ！」

真弓がニッコリ笑う。「――ねえ」

「何だ？」

「お腹《なか》が空《す》いたわ」

支配人がエヘンと咳払《せきばら》いをした。

「やあ、何です？」

と、淳一が訊《き》く。

「よろしければ、みなさまに、お食事をさし上げようと存じまして」

「いいタイミングね」

と、真弓は、悲嘆の方はどこへやら、「じゃ、せっかくだから、いただきましょうよ」

「ああ」

「それから――」

と、支配人が付け加えた。「もしよろしければ、お部屋をお取りしましょうか？」

「まあ、嬉《うれ》しい」

と、真弓は言ったが、淳一にわき腹をつつかれて、「でも、仕事がありますので……」

「次の機会にしますよ」

淳一が、そつなく言った。

「できればスイートルームが」

と、真弓が付け加える。

「では——こちらの奥の部屋に、お食事の用意がしてございますので、どうぞ」

案内されて、真弓と淳一は廊下を歩いて行った。

「道田君、どこへ行ったのかしら?」

「さあな」

と、淳一はとぼけた。

「食事したいでしょうに。呼び出してあげる?」

「やめとけよ。仕事に熱中して、空腹も忘れる年ごろさ」

「そうね」

——会議室らしい長テーブルの部屋に、いくつか皿とナイフ、フォークがセットしてある。

捜査員の何人かが、もう食事を始めていた。

「——いや、旨《うま》いな」

「やっぱり署のランチとは大分違う」

なんてやっている。

真弓たちが適当に席につくと、ウエイトレスがやって来て、水を置いて行く。

「すぐお料理をお持ちします」

と言って、そのウエイトレス、「あら！」

と真弓を見つめ、

「ナンシーを助けた、名刑事さんですね！　すてき！　私も女刑事になろうかと思いましたわ」

「どうも」

真弓も、大分平気になっているようだ。

「すぐスープと料理を」

と、ウエイトレスが立ち去ると、

「ねえ、私って、そう悪いことをしたんじゃないのかもしれないわね……」

と、真弓は言った。

カチャカチャ、と金属のふれ合う音がした。

「失礼します」

他のウエイトレスが、淳一のナイフとフォークを取り換えて行く。そして、真弓の後ろへ回ると……。

「――ちょっと」

と、淳一は、席を立った。

「あら、どうしたの？」

「うん、トイレに行って来る」

「そう。先にスープが来たら、あなたの分まで、飲んじゃうわよ」

「ああ、構わないぜ」

淳一は、食器を換えに来たウエイトレスの手首を、しっかりとつかんでいた。――そのまま、引きずるように、その部屋から連れ出す。

「――離してよ」

と、その女が言った。

「騒げば捕まるぞ」

と、淳一は、低い声で言った。「捕まりたいのか？」

女は、唇をキュッとかんで、目を伏せた。

「おとなしく渡しな」

女は、渋々、淳一の手に、ナイフとフォークを渡した。その中に、鋭く尖《とが》った食事用ではないナイフが混っていた。

「好きなようにしてよ」

と、女は言った。「それとも、父さんみたいに射ち殺す?」

淳一は、ちょっと目を見開いた。

「あれが君の父親?」

「そうよ」

まだ若い女だ。といっても、二十五、六にはなっていよう。

気の強さが顔に出ているが、なかなか可愛《かわい》い顔立ちではある。

「その服は盗んだのか?」

と、淳一は訊いた。

「いいえ」

「じゃ、どうした?」

「私、ここで働いてるんだもん」

と女は、淳一を見返して、「信じなきゃそれでもいいけど」

「いや、信じるよ」

淳一がアッサリと言ったので、却《かえ》って女は戸惑ったようだった。

「警察へ突き出せば？」

「いや、それよりこうしよう。明日、夜、ここで会おうじゃないか」

「夜？」

「勤めは？」

「六時から……十二時よ」

「夜の？　結構。じゃ、十二時半に、ここで待っている。じゃ、明日」

淳一はさっさと部屋へと入って行く。

女はポカンとして、淳一を見送っていた……。

——二人が食事を終ったところへ、

「真弓さん！」

と、道田がやって来た。

「あら、どこにいたの？」

と、真弓はナプキンで口をふいて、「もう食べ終っちゃった」

「いや、いいんです。今からでも大丈夫、と聞いて来ました」

と、道田は抜かりがない。

「どうだった？」

と、淳一が訊く。

「ええ、ついさっき、男が出て行きましたよ」

「――何の話？」

真弓はわけが分からない。

「どんな奴《やつ》だ？」

「日本人です。少し苦味走って、ヤクザっぽい顔の」

「そうか」

淳一は肯《うなず》いた。「ご苦労さん。――ゆっくり食べろよ」

「ねえ、何の話？――ちょっと！」

真弓は、淳一を追いかけて部屋を出た。

「――ナンシーに会いたがってた男がいた」

「それは知ってるわ。電話をかけて来た男でしょ？」

「それぐらいで警視庁の護衛ってのは、大げさじゃねえか。――殺してやる、って予告なら、まだ分かるが」

「じゃ、何か裏がある、と思うの？」

「間違いない。ナンシーが、わざわざ日本へやって来たってのも、妙な感じだ」

「普通あんな年齢《とし》になったら、かつてのスターは、そう遠くへ行きたがらないぜ。オリビア・デ・ハビランドならともかく」

「誰、その何とかランドって」

「昔の女優だ。東京生れなんだ」

「へえ。私もよ」

と、真弓は関係のないことを言い出した。

3

「おい」

と、課長が呼んだ。「今野君、ちょっと来てくれ」

「はい」

真弓は、軽い足取りで、課長の前に立った。

普通、捜査一課長の前に立つと、いくらかは緊張するものだが、真弓は例外だ。

「何でしょう?」

「どうして?」

「うん。ゆうべの一件だが――」

「何か失敗でも？」

自分で言い出すのも珍しい。

「ナンシー・レイノルズから、礼を言いたいと言って来ている。――午後はヒマか？」

「ヒマです」

課長はため息をついて、

「忙しいはずだがな。――ま、いい。ともかくＰＲになる。行ってこい」

「分かりました。――あの」

「何だ？」

「ハリウッドにスカウトされたら、どうしましょう？」

「知るか」

と、課長は苦笑した。

そのとき、課長のデスクの電話が鳴った。

――真弓が席に戻って、何を着て行こうかしら、と考えていると、

「おい！」

と、課長が、また呼んでいる。

用事は一度ですませてほしいのよね、とブツブツ言いながら、

「何ですか」

と、歩いて行く。

「こっちへ来い」

課長は、いやに深刻な顔をしている。

真弓は、応接室へ入ると、

「課長、何か悪いことでも?」

と訊いた。

「うむ。――困った」

課長は椅子《いす》にドサッと座った。

「辞任ですか。――長らくお世話になりまして――」

「誰がだ?」

課長が、ジロリと真弓を見る。

「課長でしょ?」

「辞任するなら、君の方だ」

真弓はムッとして、

「私、何かしましたか？」

「うむ。――ゆうべの男だが」

「あれはしかたなかったんです。――ひどいわ、いつまでも」

と、真弓が涙ぐむ。

「おい待て。そうじゃない」

課長はあわてて言った。「辞任なんかさせん。本当だ」

「そうですか？」

「ただな、あの男の持っていたナイフだが――」

「どうかしまして？」

「あれは本物じゃなかったそうだ」

――真弓は、キョトンとして、

「何ですって？」

「押すと刃先の引っ込む、撮影用のトリックのあるナイフだった」

「というと……」

「つまり、ナンシーは、もし刺されても死ななかったのだ」

真弓は、ドタン、と椅子に腰をおろした。

「——何だ、ナンシーに会いに行かないのか?」

と、淳一が言うと、

「行けっこないでしょ」

と、真弓は、ソファに寝ころがって、ため息をついた。

「そうがっかりするなよ」

「言う方が無理よ」

真弓は、顔をしかめた。「トリックのあるナイフだった、なんて! これが分かったら、笑いものだわ」

「しかし、お前はそんなことは知らなかったんだからな」

「知らなくたって、結果は結果よ」

真弓は、あーあ、と伸びをして、「そろそろ引退したくなったわ!」

「気の早い奴だ」

淳一は苦笑した。

「あなたは、人のことだから、そうのんびりしていられるのよ」

「まあ、考えてみろよ」

淳一は、ソファに腰をおろした。「その男は、なぜ、そんなトリックのあるナイフで、刺すまねをしなきゃならなかったんだ？」

「知らないわ」

「その一方で、大して危険でもなさそうなのに、警視庁に護衛を依頼する。――どう思う？」

「つまり……」

真弓は起き上がって、「あの男を殺させるのが目的だったの？」

「どうかな。向うは、日本の刑事が、そう射撃の名手だとは思ってないかもしれないぜ」

「分かんないわ」

真弓はふくれっつらをした。

「そうさ。だからこそ、調べる値打がある。――そうじゃねえか？」

「うん……」

「それから、面白いことを聞いたぜ」

と、淳一は言った。

「ナンシー・レイノルズだが、夜は、あの広いスイートルームに、一人でいるんだそうだ」

「何？」

「一人じゃおかしい？」

「おかしくはない。普通ならな。しかし、あんな大スターだぜ。身の回りの世話をする人間がいて当り前だ」

「そうか……。何か秘密があるのね、きっと」

「それが何か。——探るのに、絶好の機会だと思うぜ」

「機会？——あ、私が、会いに行くのが、ね？」

「そうさ。やっぱり、会うのは、やめとくか？」

「行くわ！」

と、真弓は張り切って立ち上がった。

「じゃ、今夜にしよう」

「もう十時よ」

「ああいうスターに、時間はないよ」

淳一は、分かったようなことを言って、電話をかけた。「——ああ、ミス・ナンシー・レイノルズを。――こちらは、今野。彼女を助けた警視庁の。――そう、頼む」

少ししてつながったらしい。

「ハロー。ミス・ナンシー？」

真弓は、淳一がペラペラと英語でしゃべるのを聞いて、目を丸くしていた。

淳一は電話を切った。

「ＯＫだ。――十二時半だとさ。まだああいう人種には、夕方みたいなもんなんだろう。――おい、何をジロジロ見てるんだ？」

「あなた、いつ英語を話せるようになったの？」

「おい」

と、淳一は首を振って、「泥棒の一級検定試験には、英独仏の三カ国語が必要なんだぜ」


「――待たせたな」

と、淳一は言った。

あの女が、廊下の隅に立っている。――私服になると、若く見える。

「名前は？」

「田辺岐子《たなべみちこ》」

「父親も田辺？」

「そうよ。田辺一郎っていうの」

「一郎か。——どうして届けない？」

「警察って嫌いなの」

と、岐子は言った。

「しかし、まだ身許不明だぜ」

「——言うわよ。明日にでも届けようと思ってたの」

岐子は、淳一を見て、「やっぱり、ちゃんと、お葬式も出してあげないとね」

「そうすることだな」

岐子は、ちょっと真顔になって、

「あなたって変ってるわね。どういう人なの？」

「さあね。——一つ教えてくれないか」

「何を？」

「ナンシーの部屋は、表の窓で言うと、何番目？」

「表の？」

と、岐子は眉《まゆ》を寄せて、「——ああ、分かった！　あなたカメラマンね？　外から望遠レンズであの人の写真をとろうって。——でも、だめよ」

「どうして？」

「条件なの。外から見えないってことが。絶対に覗かれない部屋」

「そんなのがあるのか」

「だから上の方じゃなくて、逆に低い方の部屋なの。木で隠れるようにね」

「なるほど。——そりゃ楽だ」

「何が？」

「いや、何でもない」

と、淳一は言った。


夜一時。

淳一は、スルスルと木に登り、そこから、ホテルの窓の一つへ、軽く飛びついた。

これぐらいの芸当は、楽々である。

一つ、二つ、と……。

窓を数えて、やっと目的の窓へと達した。

ナンシー・レイノルズの部屋である。

カーテンが少し開いている。――真弓が、ナンシーと、まだしゃべっているのが目に入った。

もちろん、通訳つきである。

ナンシーの豊かで美しい金髪が、ちょうど目の前に見える。

「まぶしいようだな」

と、淳一は呟《つぶや》いた。

真弓も、渋っていたわりには、結構話しこんでいる。――早く切り上げろよ、と、淳一は心の中で呟いた。

何しろ、窓といっても、最近のホテル、出っ張りがあまりない。デザイン上はこの手がいいのかもしれないが、泥棒にとっては不便である(?)。

そこへ、ヤモリみたいに、ピタッとはりついているのだから、楽じゃないのである。

淳一も、いい加減腕がしびれて来たころになって、やっと真弓が立ち上がった。

時計を見て、目を丸くしている。

「呑気《のんき》な奴だ……」

と、淳一はため息をついた。

真弓が窓の方へやって来た。――表を覗く、という格好で、カーテンを開ける。

淳一は、すぐわきにピタリと身を寄せている。――真弓が、斜め上を見上げた。

目が合うと、ちょっとウインクなどしている。

カーテンを閉める。――真弓が出て行ったらしい。

やれやれ……。

淳一は、楽な姿勢になって（もちろん、これでも、並の人間では、五分ともつまいが）、時間がたつのを待つことにした。

しかし、あまり待たなくても良かった。

三十分ほどすると、中の明りが消えたのである。

淳一は、ポケットから、強力な磁石を取り出した。中のカーテンの、上の隅の辺り――そこのガラスの上に、ピタリと磁石をつける。

それを横へ滑らせると、中のカーテンがスッと動いて来る。――真弓がさっき、鉄の輪を、カーテンの上の端に引っかけておいたのだ。

細く開けて、中の様子をうかがう。

明りが洩《も》れているのは、入浴中なのか。

もちろん、そんな所を覗くのが目的ではない。――バスルームのドアが開け放してあって、中から湯気が流れ出ている。

淳一は、じっと目をこらした。

やがて、上がったらしいナンシーが、姿を見せる。

バスローブをまとい、頭をタオルでつつんでいる。

淳一は、舌打ちした。

今夜はだめか……。

が——ナンシーが、思い直したように、バスルームへ戻って行った。

そして、すぐに出て来たとき、ナンシーは……。

淳一が、午前三時まで開いているティールームに入ると、真弓が見付けて手を振った。

「やれやれ……」

淳一は、ドサッと椅子に腰をかけた。

「ご苦労さま」

「お前がちっとも腰を上げないから、ハラハラしたぜ」

「だって、面白かったのよ、話が。すてきな人ねえ！」

ウエイトレスが来ると、淳一は、本格的な夕食を注文した。

「そんなに食べるの？」

「体力を使うんだぜ、ああいう労働は」

と、淳一は肯いて見せた。

「何か分かった？」

「ああ、思った通りだった」

「じゃ、どういうこと？」

「今はまだ言えない」

「何よ」

「一つ教えてやるよ」

「何のこと？」

「射たれた男。田辺一郎というんだ」

「どうして分かったの？」

「泥棒にゃ、それなりの情報源があるのさ」

と、淳一は、もったいぶって言った。

「すぐ連絡して来るわ！」

真弓が電話をかけに行った。

淳一が、のんびりと夕食を取っていると、

「おや、これは――」

と、声がした。

でっぷりと太った、あの安西という男である。

「やあ、これはどうも」

「お一人ですか？　奥様も？」

「一緒です。ま、どうぞ」

「失礼します」

安西は、空いた椅子に座った。椅子が、キュッと悲鳴を上げた。

「いや、こんな時間まで、大変ですな」

と、安西が言った。

「ご同様でしょう」

「我々の商売は、夜中が本業ですからな」

と、安西は笑った。

「一つ、うかがいたいと思っていたんですがね」

「何なりと」

「田辺一郎のことです」

安西がギョッとした。

「ご存知《ぞんじ》でしたか……」

「まあね」

淳一は肯いて、「これでも、映画の方にはちょっとうるさいんです」

と、胸を張った。

「しかしよくご存知でしたね、田辺一郎を」

「日本映画の貴重な脇役《わきやく》の一人だったでしょう」

「そうです。数だけは沢山――たぶん、二百本以上、出ているんじゃないかと思いますがね」

「引退したのは？」

「たぶん、もう十年以上前のことでしょう。彼のやる役がなくなって来ていたんですよ」

「つまり、いらなくなった、と？」

「そういうことです。ま、厳しい世界ですからね」

と、安西は肩をすくめた。

「貧乏していたんですか?」

「そうですねえ……」

安西は首をかしげた。「いや、そうだ。――いつか、誰かと話したことがあります。仕事ももうろくになくなっていたのに、田辺は、結構のんびり暮していたんですよ」

「つまり、収入があった、ということですね?」

「でしょうね。――何をしていたのかは、知りませんが」

「見当はつきませんか」

「さて……」

安西は、出っ張った腹をポンと叩いた。お腹に悩みがあるのかもしれない。

「もしかしたら……。いや、田辺は、三十ぐらいのときに、アメリカへ行ってるんですよ」

「ほう」

「アメリカ映画の方で東洋物がはやっていましてね」

「その役をやったんですね」

「彼は、英語がしゃべれたんです。それで、向うも使いやすかったんでしょうね」

「なるほど」

「そのとき、少しは稼いで来ているはずですよ。といっても、大金というほどじゃなかったでしょう。きっと――よほどうまく金を運用していたんでしょうね」

「田辺は、独身でしたか？」

「いや、結婚していましたよ」

「奥さんは？」

「亡くなったんでしょう。帰国してしばらくして、バッタリ会ったら、小さな女の子の手を引いていましてね。『君の子か』と訊くと、『女房を亡くして、一人で育てているんだ』と言ってました」

「その奥さんという人には――」

「会ったことがありませんね」

と、安西は首を振った。

そこへ、真弓が戻って来た。

「――あら、どうも」

と、安西に会釈して、「今、田辺一郎ってどういう人間なのか道田君が調べているところよ」

「起こしたのか」

「当り前よ」

と、真弓は平然と、「上司が起きてるのに寝るなんて、ふざけてるわ」

自分は勝手に起きているのである。

「そりゃ可哀そうだ。教えてやれよ」

「何を？」

安西が田辺のことを、もう一度しゃべると、真弓は、また電話へと飛んで行った。

「ところで」

と、淳一は言った。「なぜ田辺は、ナンシーを殺そうとしたんですかね」

「さあ」

安西は首を振った。「それが分からないんです。大体、なぜ田辺がナンシーのことを知っていたのか……」

「それもご存知なかった？」

「ええ。――たぶん、アメリカで、一緒に仕事をしたんでしょうね」

「なるほど、そのときに、彼女に惚《ほ》れた、と……」

「その情熱が三十年も消えなかった、というわけですな」

「なぜ田辺だということを、黙っていたんです？」

安西は、ちょっと困ったように、

「いや――隠してたわけじゃないんですよ、本当に」

「すると？」

「確信がなくて。それに、実際、初めは分からなかったんですよ。もうずいぶん会っていませんしね」

「いつ気が付きました？」

「ずっと後です。何しろこっちはナンシーのことで手一杯でしたからね。後で考えて、ふと、どこかで見た顔だ、と思ったんです」

「なるほど」

「しかし――どうせその内には分かることだし、それに、昔は仲間同士でしたからね。何だか、警察へ教えてやるのも、気がひけて」

「分かりますよ」

淳一の言葉で、安西はホッとした様子だった。

「もう一つうかがいたいんですがね」

と、淳一は言った。「ナンシーは、なぜ日本へ来たんですか？」

「さあ、それは……。たぶん、ただの見物でしょう」

「本人は何と？」

「何も言っていません」

と、安西は首を振った。「ただ、こっちへ来たい、と連絡があっただけで」

「なるほどね……」

淳一は肯いて、考え込んだ。

真弓が戻って来ると、

「頭に来るわ！」

と、むくれている。

「どうした？」

「道田君、また寝てたのよ。さっき、ちゃんと調べとけって言ったのに」

「じゃ、そのまま寝かしときゃいいじゃないか」

と、淳一は笑った。

「いやよ。また起こしてやったわ」

「しかし――」

「身許のことは教えなかったの」

　こりゃ相当意地悪な上司になるぞ、と淳一は思った。

4

「申し訳なかったわ」

　と、真弓が頭を下げると、

「いいえ、やめて下さい、そんな」

　と、田辺岐子が、急いで言った。「父がいけないんです。あの場合は仕方なかったと思います」

　そう言われると、真弓も辛《つら》かった。

　捜査一課へやって来た岐子を、真弓は応接室へ通し、道田にお茶をいれさせた(!)。

「それにしても、お父さんは、なぜあんなことをなさったのかしら?」

　と、真弓が訊くと、

「さあ……」

　と、岐子も首をかしげた。「それはよく分からないんです」

「ナンシーのことを、話していた？」

「たまに。——前に共演したことがある、といって。でも、そんな昔の人、私は知りませんもの」

「そりゃそうね」

「その内、父も言わなくなりました。だから、別にファンだったとか、言ったことはありませんわ」

「でも、本当にナイフをかざして、ナンシーめがけて突っ込んで行ったのよね」

「そうですね。しかも撮影用のトリックナイフで……」

「何か思い当ることは？」

「分かりませんわ」

「あのナイフに見覚えは？」

「ええ。持っていたのは、知っています。見せてもらったことがありますわ」

「じゃ、トリックのあるナイフだったことは知ってたのね」

「そのはずです。——もしかしたら、自分でも忘れていたのかもしれませんね」

それはあり得るわ、と真弓は思った。本物のナイフのつもりで、持ち出して、刺そうとした……。

「――おい」

と、淳一が顔を出した。

「あら、どうしたの？」

泥棒が捜査一課へやって来るというのも、何だか妙なものだ。

「この娘さんに用があるんだ」

「へえ。いつの間に――」

「ええ、ちょっと……」

と、岐子が目を伏せた。

「あなた、まさかこの子に――」

「よせよ。この子、ってほど子供じゃないだろ。――なあ、時間はあるかい？」

「ええ。でも――」

「ちょっと付き合ってくれ」

真弓は決然と立ち上がり、

「私も行く！」

と断言した。

「──何なの、一体？」

と、真弓は呆気《あっけ》に取られている。

「まあ、任せとけ」

と、淳一は、ニヤリと笑った。

「あなたもかけるの、パーマ？」

──そう、美容院なのである。

「俺はそういう趣味はないんだ」

わけの分からない様子の岐子を促して、淳一は中へ入って行った。

しばらくして、一人で出て来た淳一は、

「さて、大分かかりそうだ。──おい道田君は？」

「一課でしょ」

「ちょっと呼んでくれないか。会わせたい奴がいるんだ」

「いいけど……少しは私にも教えてよ」

と、真弓は、仏頂面で言った。

道田は、もちろん、主人の口笛を聞いた犬の如《ごと》く、すっ飛んで来た。

「──やあ、ご苦労さん」

淳一は、道田の肩を叩いた。

「何でしょう？」

「ちょっと来てくれ」

淳一は、美容院に近い喫茶店へ道田を連れて行った。

「どうだ？　店の中に、知ってる奴はいるか？」

道田は、しばらくキョロキョロやっていた。

店の人間が、けげんな顔で見ている。

「――あ！」

道田が大声を張り上げた。「あそこの、チェックの服！　あいつですよ。この前、ナンシーの部屋から出て来たヤクザは！」

当の「ヤクザ」がギョッとして、あわてて立ち上がる。

道田、ここぞとばかり、

「この野郎！」

と、突っ込んで行った。

「おい！　待て！」

淳一の叫びも、間に合わなかった……。

「――いや、どうも」

と、淳一が詫《わ》びた。

「ちょっとした誤解でしてね」

その男は、上衣《うわぎ》にべったりとついたチョコレートパフェを、せっせとおしぼりで拭き取っていた。

「はあ……」

真弓にも叱《しか》られ、道田はシュンとなっている。

「よく考えてから行動しなさい！」

と、淳一は訊いた。

「ところで、あなたは、何の用で、ナンシーの部屋へ行っていたんです？」

と、男は、言った。

「それは……仕事上の秘密ですから」

「大丈夫。我々は警察です」

「あなたは違うでしょ」

「同じようなもんさ」

「どこが！」

「どっちもミステリーによく出て来る」

淳一は、澄まして言って、「ともかく、秘密は守ります。それに捜査上、必要なんですよ」

「そうですか……」

男は渋々肯くと、「じゃ、名刺をさし上げましょう」

と、ポケットから、名刺入れを取り出した……。


ナンシー・レイノルズは、しばらくベッドに横になっていたせいか、少しめまいがして、立ち上がっても、すぐには歩き出せなかった。

体力がなくなっている。——そう痛感するのは、こんなときだ。

ふっと、風が通った。

あら……。

ドアが開いたのかしら？——スイートルームの寝室から、居間の方へと歩いて行く。

テーブルの上に、見憶えのない雑誌が置いてあった。

近づいて、ナンシーは、目を見張った。

これは！——まさか！

古い古い、映画雑誌だ。ナンシーはページをめくった。

いきなり——自分が、そこにいた。

若い、ナンシー・レイノルズが。

何て若い……。美しい。輝くようだ。

誰がこんなものを持って来たんだろう？

ナンシーが、雑誌から顔を上げると——そこに、ナンシーが立っていた。

写真から脱《ぬ》け出たように、同じドレスで、まぶしいほどに若くて、輝くようなブロンドで……。

ナンシーは呆然《ぼうぜん》として見とれていた。

「失礼します」

と、男の声がした。

その若い、もう一人のナンシーの後ろから、淳一が現われた。

「フーアーユー？」

と、ナンシーは言った。

「日本語でどうぞ」

と、淳一は言った。「娘さんには、英語では分かりませんよ」

ナンシーの顔が、パッと輝いた。

「まあ――じゃ、あなたが」

ナンシーが、日本語で言った。

「日本語ができるんですね」

と、真弓が、ドアの陰から、姿を見せて言った。

「もちろんですわ」

と、ナンシーは言った。「私は日本人ですもの」

「――お母さん」

と、もう一人のナンシー、田辺岐子が言った。

「田辺岐子さんですよ」

と、淳一が言った。「いや、ブロンドにすると、全く、あなたの若いころにそっくりだ!」

「本当に。――でも、あなたのことを、お父さんは、一言も言ってくれなかったわ」

と、ナンシーは言った。

「あなたは田辺一郎さんの――」

「妻です。――田辺裕子《ゆうこ》といいます」

と、ナンシーは言った。

「――私は、田辺と結婚して、すぐ一緒にアメリカへ行きました」

と、ナンシー――いや田辺裕子は言った。「向うで、田辺は映画に出て、私は、撮影所のお茶くみをしていました。暮しは楽じゃありませんでした」

「きっかけは?」

「ある日、新しく撮る映画のスターが、急に事故で足を折ってしまったんです。中止すれば、何万ドルも損をする。――そのとき、突然、監督さんが、私のことを指して、この子を使ってみよう、と言ったんです」

「びっくりしたでしょうね」

「もちろんです。その監督さんは、前から私によくして下さっていたんです。そして私の顔が、日本人にしては西洋的な顔立ちだ、とおっしゃっていました」

「それでブロンドにして――」

「ええ。セリフなんて、パクパク口を動かしてるだけ。全部後から他《ほか》の人が入れる、というひどさでした。――私も田辺も、呆《あき》れて、お金を捨ててるようなもんだ、と」

「それが――」

「ええ、大ヒットになってしまいました。適当につけたナンシー・レイノルズという名が、たちまち、全米に知れ渡って……。私は、会社の頼みで、そのまま、ナンシー・レイノルズを続けることになりました」

「ご主人は辛かったでしょうね」

と、真弓が言った。

「ええ。――私は、豪華なプールつきの家。田辺は、そこへ夜、こっそりやって来るだけです。その内、私は子供ができました。会社の方は大あわてで、私は、片田舎の小さな町で、この子を生んだんです。田辺は、子供は日本で育てる、と言って……。私たちの間も、うまく行かなくなっていたんです」

「それきり、ずっと――？」

「仕事に追われて……。田辺の所へは、送金していました。この子に不自由をさせたくなくて」

「それがいけなかったんだわ」

と、岐子が言った。「父は、ろくに仕事もしなくなって」

「そうね。――そこまで考えなかった。ごめんなさい。あなたに苦労をかけて」

「そんなことない」

岐子が、母親の胸に、顔を埋めた。――涙もろい真弓は、もう涙ぐんでいる。

「――今度日本へ帰ったのは？」

と、淳一が訊いた。

「それは……」

裕子は、岐子の頭を撫《な》でながら、「実は、私、ガンで、もう長くないのです」

岐子が、ハッと顔を上げた。

「うそ！」

「本当なのよ。いざ、死を目前にすると、夫のことが懐しくなり、手紙を出したんです。——夫は、すぐ日本へ来い、と言ってくれました」

「それなのに……」

「いえ、あれは、承知の上だったんです」

と、裕子が言った。「私の苦しみを知って、あの人は、一緒に死のう、と言いました。私は、そんなことはだめ、と止めたんです。あの人も、納得してくれたと思っていたのですが」

「じゃ、あなたを刺して死ぬつもりで？」

「そうじゃあるまい」

と、淳一は言った。「ご主人は、あなたの死ぬのを見たくなかったのですよ。だから、ああして、わざと撃たれた。ナイフは、撮影用の、刺してもけがをしないナイフだったんです」

「まあ。——そうでしたか」

裕子は、目をうるませて、「気の弱い人だったから……」

と微笑《ほほえ》んだ。

「どうしてかつらの専門家を呼んだんですか？」

と、真弓が訊く。

「よくご存知ですね。——ガンの治療で、私、頭の毛が、すっかりなくなってしまったんです。でも、ナンシー・レイノルズは、いつまでも、美しいブロンドでないと。ですから、これを作ってもらったんですわ」

「お母さん。とてもすてきよ」

と、岐子が言った。

「ありがとう。でも……もうブロンドでいることもないわね」

裕子は、立ち上がると、「ちょっと、待っていてね」

と、洗面所へ姿を消した。
二、三分して、現われたとき、田辺裕子は、ブロンドのみごとなかつらを手にして、黒い髪のかつらをかぶっていた。

しかし、それは、やはりハッとするほどの美しさだった。

「——どうかしら？」

と、裕子が、ちょっと照れたように頰《ほお》を染めて、言った。「何だか——おかしいでしょ？」

「お母さん！　凄くきれいよ」

岐子がそう言って、母親の胸へと飛び込んで行った。

ブロンドのかつらが下へ落ちる。

淳一は、静かに歩み寄ると、

「あなたは、やはり大スターです。マダム」

そう言って、裕子の手を取り、その甲にキスした。

「キザね」

真弓は、そう呟いて、それでも、つい笑顔になって、淳一を眺めていた。

ジャックと桃の木

1

「おみやげだ」

今野淳一は、ベッドの上に、ポンと靴を投げ出した。

今、まさに眠りかけていた今野真弓は、ちょっと目をパチクリさせながら、その靴を眺めていた。

「気にいらないか?」

と、淳一が言った。「それなら、今から行って、取りかえて来る」

「いいえ。そんなことないの……。素敵じゃない、この靴」

「そうだろう? 俺《おれ》のセンスはなかなかのものだと思わないか」

真弓とて、淳一のセンスの良さを否定するつもりは毛頭ない。何しろ、こんなにすばらしい妻を選んだくらいだから（！）。

しかし、その真弓でも、午前三時二十四分に夫が帰宅して、いきなり、靴をポンと投げられると、やはり喜ぶ前に、戸惑ってしまうのである。

しかも、箱にも入っていないし、紐《ひも》もかけていない。純粋に「靴だけ」なのだ。

「——どこから持って来たの？」

と真弓は訊《き》いた。

「そりゃ、当然靴屋さ。八百屋じゃ売ってないからな」

「じゃ——今度の仕事が、その靴屋で？」

「そうなんだ」

淳一が肯《うなず》く。

「そう……」

真弓は、呟《つぶや》くと、何を思ったか、いきなり枕《まくら》の下から、拳銃《けんじゅう》を取り出して、淳一の方へ向けた。

「おい！　何するんだよ？」

淳一は目を丸くした。「俺が靴と浮気してたとでもいうのか？」

「盗みがあなたの商売なのは分かってるわ。でも、それに私を巻き込まないっていうのが、二人の約束だったじゃないの」

「ああ、分かってる。だから――」

「それなのに、この靴を盗んで来て、私におみやげだ、なんて！」

「おい、そりゃ誤解だ。――よせ！」

バアン！――真弓の拳銃が火を噴いて、淳一は哀れあの世行き。真弓は未亡人として僧院へ入り、かくてこのシリーズも終了。――というわけにはいかないので、拳銃が発射される直前まで戻ることにする。

「この靴は、ちゃんと金を払って、買って来たんだ！」

と、淳一は強調した。

「こんな時間に、どこの靴屋が開いてるのよ！」

「棚から持って来て、ちゃんとレジの所に代金をぴったり置いて来た。本当だよ」

「――本当に本当？」

「本当に本当の本当だ」

「じゃ、本当に本当の本当なのね」

「本当に本当で――もういいだろ」

「いいわ」

真弓は、拳銃をナイトテーブルに置いた。

「いつから、枕の下に、そんな物騒なものを入れてるんだ？」

「警視庁捜査一課の刑事としては、いつでも事件に対応しなきゃいけないの」

真弓は、手をのばして、淳一の手を取ると、引っ張り寄せた。

「おい――」

「あなたも、夫として、いつでも対応しなきゃいけないのよ」

「そうか？」

「そうよ。これは我が家の憲法第一条」

「第二条は？」

「第一条だけで充分よ……」

真弓は淳一を抱き寄せて、キスした……。


「靴を？」

と、真弓がびっくりした様子で、訊いた。

「そうなんだ。妙な話さ」

淳一と二人、ダイニングキッチンで、夜食の最中だった。もっとも、もう朝が近かったが。

「よっぽど高い靴なの？」

ネグリジェ姿の真弓が訊いた。

「いや、そうでもない」

「でも、あなた、ちゃんと謝礼はもらったんでしょ？」

「ああ、充分にな」

「じゃ、本当に靴をちゃんと買った方が安くなるんじゃない？」

「そりゃそうだ。普通の靴ならな」

「特別の靴なの？」

「そうなんだ」

淳一は肯いて、「何しろ、つま先からかかとまでが、二メートルあるんだから」

真弓が、目を丸くして、

「二メートル？　キング・コングがはくの？」

「いや、これは売りものじゃない。店の前に看板代りに出ているやつなんだ」

「それなら分かるわ。——ちゃんと一組？」

「うん。よくできてる。大きくても手を抜いてないしな」

「そんなもの、盗んでどうするのかしら」

「知らんね」

と、淳一は肩をすくめた。「ともかく、こっちは頼まれて盗んだだけだ」

「へえ、面白い人がいるもんね」

——面白い、といえば、当の真弓だって相当に面白い方であるが、当人だけはそう思っていない。とかく、人間というのは、そういうものなのである。

「ついでに店の中を見回してて、あの靴に目を付けたってわけだ」

「仕入れ値で買ってくれれば良かったのに」

「それより、お前の方は、今は何の事件なんだ？」

「今はお休みよ」

と、真弓は、微笑《ほほえ》んで、「いくらでも寝てられるわよ、明日は——」

ぐっと淳一の方へ迫ったところへ、玄関のチャイムがあわただしく鳴った。

「何よ、うるさいわね」

と、真弓が文句を言ったが、チャイムの方は、

「俺の責任じゃないよ」

とばかり鳴り続ける。

「どうやら、あの鳴り方は道田君じゃないのか」

「そう？　そういえば、気のきかない鳴り方をしてるわ」

真弓は、ガウンをはおって、欠伸《あくび》しながら出て行った。

玄関まで来て、

「どなた？」

と、声をかける。「番号違いですよ」

電話じゃあるまいし。

「道田です！　お迎えに来ました」

真弓の部下の、若き道田刑事の、元気な声が響き渡った。真弓にほのかに想《おも》いを寄せている道田としては、事件が起ると、真弓に会えるので、張り切ってしまうのである。

「ちょっと！」

真弓は、あわててドアを開けた。「まだ、近所は寝てる時間よ。そんな大声出す人がありますか！」

「す、すみません」

と、道田は頭をかいて、「──あの、お仕度は？」

「仕度って、何の？」

「その格好で殺人現場へ？　ま、僕は構いませんけど……」

「殺人？」

そうか。そういえば、何だか夢うつつの中で、事件が起ったとか聞いたような気もするわ……。

「あの──さっき、電話で──」

「そう！　もちろんそうよ。分かってるの。すぐ仕度するつもりだったんだけど、主人が帰って来ちゃったもんでね。その──ちょっと──分かるでしょ？」

道田は赤くなって、

「は、はあ」

と、うつむいてしまう。

「そりゃ、私は公務員だから、職務を優先させるべきだってことはよく分かってるわよ。でも、そのために夫婦の間に亀裂《きれつ》が入って、それで捜査がおろそかになるようなことがあっては、却《かえ》ってマイナスだと思うの。だから私は忙しい中、あえて──」

「おいおい」

と、淳一が呆《あき》れ顔で出て来ると、「そんな話より、急いで仕度しろよ」

「そう。そうね。あなた、道田君のお相手してて。何なら水割りでも一杯。でも勤務中ですものね。じゃ、すぐ用意するわ。――ああ忙しい」

真弓が奥へ飛び込んで行く。

「あの……お邪魔しちゃったんでしょうか、僕?」

と、道田が恐る恐る訊いた。

「なに、それぐらいのことで僕たちの愛は、壊れやしないさ」

淳一は澄ました顔でそう言うと、「ところで、殺人事件かい?」

「そうらしいんですがね」

道田が、何だか微妙な言い方をした。「よく分からない、変な事件なんです」

「どんな風に?」

と、淳一は訊いた。

淳一は別に刑事でも探偵でもない、ごく平凡な泥棒(!)だが、やはり商売柄、犯罪には興味がある。

「誰《だれ》かが、家を踏み潰《つぶ》したらしいんです。それで、寝ていた人が下敷になって――」

「おい、ちょっと待ってくれ」

と、淳一は言った。「家を踏み潰したって?」

「そうらしいです。まだ直接見てないんですけど……」

「そりゃ人形のお家か何かかい?　それとも――」

「ちゃんと人間の住んでる家です」

「普通、そんなもの踏み潰せないぜ」

「そうですね。でも、ちゃんと靴が残ってたそうですから」

淳一は、少し間を置いて、

「何が残ってたって?」

「靴です。馬鹿《ばか》でかい靴が、現場に残ってたそうなんで……」

「そりゃ面白い。いや、死んだ人は気の毒だけどな」

「妙な話でしょ。二メートルもあるっていうんですよ。誰がそんなもの、はくんでしようね」

「決ってるさ」

と、淳一は言った。

「ご存《ぞん》知《じ》ですか?　そんなのをはきそうな奴《やつ》を」

「ああ。『ジャックと豆の木』の巨人だよ」

淳一は真面目《まじめ》くさった顔で言った。「そのでかい靴が見てみたいな。一緒に行ってもいいかね」

「ええ、構いませんよ」

「じゃ、すぐに仕度して来る」

淳一は、奥へ引っ込むと、二、三分の間に着替えをして出て来た。

「真弓さんは……」

「今、どのバッグが服に合うか、鏡の前で迷ってるよ」

と、淳一は言った。


「こりゃひどい」

と、淳一も、一言、言ったきりだった。

――ごく普通の家である。木造、二階建、というやつだ。

もちろん、建てた方は、それなりになけなしの金をはたき、ローンを利用して、やっと手に入れたのには違いないのだが……。

「きっと、工事費をケチったのよ」

と、真弓は、被害者にはいささか冷たいことを言った。

家の一角が、完全に潰れてしまっていた。二階のベランダが真中から押し潰されたように、一階までポコッと空間ができてしまっている。

正に、巨人がつい間違って踏んじゃった、という様子なのだ。

「――どうです？」

と、道田は首を振って、「目で見るまでは信じられなかったな……」

「実存主義者ね、道田君は」

と、真弓はやたら難しいことを言い出した。

「どこでそんな言葉を憶《おぼ》えたんだ？」

と、淳一が呆《あき》れて訊くと、

「新聞に出てたの。私、凄《すご》く共感したわ」

「へえ。どういう点に？」

「お給料が振込みになってるでしょ。あれじゃもらった気がしないじゃない。やっぱり、現実に、お金が目の前に存在しないと。――これが実存主義なのよ」

「サルトルに聞かせてやりたいな」

と。淳一は呟いた。「それより――見ろよ、あの靴を」

押し潰された部屋。壁も崩れ、屋根も落ちて、ひどい有様だが、その上に、チョコンと——いや、ドカッとのっているのは、巨大な靴だった。

「これが凶器？」

真弓は、目をパチクリさせて、「指紋はついてるかしら……」

「足の指かもしれないぜ」

「この靴……。もしかして——」

「俺が、ゆうべ盗んだやつだよ」

と、淳一は低い声で言った。「まさか、こんなことに使うとは思わなかったな」

「じゃ——犯人を知ってるの？」

「いや、残念ながら、相手と直接は会っていないんだ。向うも、もちろん用心してたのさ」

「本当？　隠し立てすると、ためにならないわよ」

「亭主を脅迫するのか？」

「おどかしてるだけよ。——でも、どうやって、こんなことを？」

「さあね」

と、淳一は肩をすくめた。

——新興の住宅地だった。都心から、電車では一時間近くかかるだろう。

しかも、駅からも大分遠い。通勤には大分かかりそうな場所だった。

「——よく分からないわ」

と、真弓が首をひねっている。

「何が？」

「この辺の人、どこへ買物に出てるのかしら？」

淳一は、これで犯人が捕まるから不思議だと思った。

しかし、実際——殺人現場ということを、一旦《いったん》別にすれば、真弓の心配も分かる。

それほど、周囲に何もない所なのである。

開発途中、ということなのだろう。造成したまま、家の建っていない所も、ずいぶんある。

「そろそろ、朝だぜ」

もう大分明るくなって来ていた。——もちろん、近所の家の人たちは、この騒ぎで、ずっと前から起き出して見物したり、窓から覗《のぞ》いたりしている。

「おいおい」

と、顔をしかめながら、やって来たのは、検死官の矢島である。

「あら、おはようございます」

真弓はのんびり挨拶《あいさつ》している。

「何だ仲良くご夫婦で出勤か」

と、五十がらみの、人の好さそうなこの検死官は、ニヤリと笑った。

「僕がついてる方が落ちつくと言うもんですからね」

と、淳一は言った。

「おい、あの馬鹿でかい靴を早くのけてくれんか。検死しようにもできんじゃないか」

「分かってるんですけど……。何しろ凶器ですから」

「妙なものを使うもんだな」

と、矢島は首を振った。「靴屋にでも恨まれとったのか?」

「さあ……。でも、死んでるのは確かでしょ?」

「下から手首が出てるからな。どうやら、覗いて見たところでは、六十ぐらいの男らしい。即死だな」

「やはり、押し潰されて?」

と、淳一が訊く。

「そうだろう。しかし、あの靴は、そんなに重くあるまい」

「つまり、誰かがはいてたんでしょうね」

と、淳一が言うと、

「ジャックと豆の木の巨人か？」

と、矢島が、淳一と同じことを言い出した。

「まあ。――お二人って同じ世代？」

真弓は、夫と矢島の顔を見比べて、言った。

そこへ、道田が走って来る。

「真弓さん！」

「どうしたの？」

「TV局が……。あの靴をとりたいと言ってるんですが」

「そう。――困ったわね」

真弓は顔をしかめた。「まだ鑑識の方が済んでないのよ。じゃ、あんまり近くへ寄らないように言って――」

と言いかけたとき、ドタドタと足音がして、TVカメラをかついだ一団が、庭へとなだれ込んで来た。

「あれだ！　こりゃ凄いぞ！」

と、誰かが叫んだ。「ライトだ！　おい、カメラをこっちへ！」

呆気《あっけ》に取られている真弓たちの前に、たちまち人の垣根ができてしまう。と思うと、背丈が二メートルはあろうという大男がノソノソと庭へ入って来た。

「ほら、あの靴だよ！」

と、誰かが叫んだ。「上に上がって！　ポーズを取って！」

その大男は、上半身裸になると、死体の上にのったままの巨大な靴に足を入れて、ボディビルみたいなポーズを取って見せた。

カメラが回り、フラッシュが光る。――真弓は、やっと我に返った。

「あれ、何なの？」

「プロレスラーです」

と、道田が言った。

真弓の顔が真赤になった。猛然と、人垣を引き裂いて、

「こら！　何してるんだ！」

と叫ぶ。「出て行かないと逮捕するぞ！」

――淳一は、真弓が喚《わめ》き散らしているのを眺めながら、

「いいＰＲだ」

と呟いた……。

2

「いいPRだよ」

と、課長は言った。

「はあ」

真弓は、肯いた。

「TVカメラの前に立って、殺人現場で踊って見せる。こういうことは、なかなか普通の刑事にゃできんことだ」

「私、踊ったわけじゃありません」

と、真弓は抗議した。「あれは、後でTV局の奴が——いいえ、人間が、音楽を入れてVTRを流したんです」

「まあ、君の主張は分かるがね」

と、課長はため息をついた。「問題は、総監が、そう思っていないってことだ」

「誤解です、と言ってやりゃいいんですよ」

と、真弓は言ってやった。

「ありがとう。君の忠告で、非常に気持が明るくなったよ」

「よくそう言われます」

「私は、頭が痛いので帰る。後はよろしく頼むよ」

「そうですか。お大事に」

真弓は、課長の後ろ姿を見て、責任ある立場の人間って、背中に、どこか寂しいかげを負ってるんだわ、などと考えていた。

「――真弓さん。どうかしたんですか？」

と、道田が、心配そうな顔でやって来た。

「え？　どうもしないわよ」

「でも――課長と話を」

「そう。部下と上司は、時々親しく語り合う必要があるのよ」

真弓は、ポンと道田の肩を叩《たた》いた。「さ、出かけよう」

――二人は、車で昨夜の現場へと向った。

「被害者は、山崎不二夫《やまざきふじお》、六十二歳です。あの家は、自分のものですが、家族とは別居していたようですね」

「家族って？」

「妻と息子がいます。二人は都心の方の小さなマンションに住んでるようです」

「じゃ、年寄を一人で置いといたの？　ひどい人たちね」

と、真弓は顔をしかめた。

「山崎不二夫は、かなり風変りな偏屈な老人だったようです。近所の人の話では、奥さんと息子が逃げ出したのも無理ないということでしたよ」

「そういう偏屈な人っているのよね。家族も可哀《かわい》そうだわ」

真弓はコロコロ変っている。「じゃ、人に恨みを買ってることが？」

「あるようですね。あの近所の人とは、年中ケンカしてたようです」

「じゃ、容疑者は見付かりそうね」

「そうですね。でも、あの靴が……」

と、道田は首をかしげた。「あんなでかい靴を、誰がはくんでしょうね」

「そりゃ、簡単よ」

と、真弓は言った。

「というと？」

「靴屋さんの看板代りよ。店先に置いてあったやつだわ、きっと」

「——そうか！」

道田は、パチン、と指を鳴らした。「いや、そこは思い付かなかったなあ！　さすがですね、真弓さん！」

「最初見たときから、そう思ってたのよ」

真弓は、澄まして言った。

「じゃ、早速当ってみます！　しかし、TVにまで出てるのに、どうして言って来ないのかなあ」

「それは、事情があるんでしょ」

真弓は、欠伸をして、「——いいお天気ね」

と、のんびりドライブ気分である。

昼間、訪れてみると、いっそう寂しい感じのする場所だった。

それでも、ロープを張った現場の近くには、見物する人が何人も見える。

「——当分は名所になりそうね」

と、真弓が不謹慎なことを言い出した。「通報者は？」

「隣の家の人です」

と、道田が言った。

山崎不二夫の家の隣――というより、裏手に当る、と言った方が正確だろう。

二軒は、庭同士が隣り合っていて、互いに行き来はできない。

玄関が、それぞれ別の道に面しているからである。庭の境の柵《さく》は、ちょっと異様なほど高かった。

〈白石《しらいし》〉と表札のある玄関へ回って、真弓はチャイムを鳴らしてみた。――なかなか返事がない。

「留守かしら」

「カーテンは開いてますけどね。――二階は閉まってるな」

と、道田が見上げていると、インタホンから、

「どなたですか？」

と、声が飛び出して来た。

真弓が名乗ると、向うはちょっとあわてている様子だった。

「ちょっと――すみません、ちょっと待ってて下さい」

「ごゆっくり」

と、真弓は言った。

その女の声の後ろで、男の声が何やらボソボソ言っていたのである。
五、六分して、やっと玄関のドアが開いた。真弓と同じくらいの女性が、少し息を切らしながら、立っている。
「どうぞ、お入り下さい。――ちょっと、客が来ていたものですから」

真弓たちが上がると、入れかわりに、セールスマンらしい男が出て来て、

「じゃ、奥さん、またうかがいますので」

と、帰って行く。

「――どうぞおかけ下さい」

白石文江《ふみえ》は、真弓たちを居間へ案内して、

「セールスマンがなかなか帰らなくて……。あちらも商売ですから、仕方ありませんけど――。今、お茶を……」

と、台所へ、そそくさと消えてしまう。

「――何をあわててるんでしょうね」

と、道田は言った。

「そりゃ、セールスマンとスキンシップを図ってたからよ」

「はあ?」

「いいの。子供は知らなくても」

真弓は、居間の中を見回した。——いやに狭い居間だ。

家の造りから見ると、もっと広々としていていいように思えた。

やっと落ちついた白石文江は、

「——ええ、ゆうべは本当にびっくりしましたわ」

と、肯いた。「三時か、三時半ぐらいだったかしら、バリバリッという凄い音がして……。私、二階で眠ってるんですけど、飛び起きてしまいました」

「その前に、何か妙な音とかは、しませんでした？」

「気が付きませんでした。私、眠りは割合と深い方なんです」

それでいて目が覚めたというのだから、よほど凄い音だったのだろう。それも当然ではあるが。

「で、外を見たんですね？」

「ええ……。でも、しばらくは怖くて。ベッドで震えてましたの。あれは、とても普通の音じゃなかったんです。私——笑われるかもしれませんけど、何か恐竜とか、怪獣でも出たのかと思って」

「私も信じてるんです」

と、真弓は身を乗り出して、「ネス湖の怪獣、どう思います？　カナダには、オゴポゴっていうのがいるんですって。見つけた人には百万ドルの賞金が――」

道田が咳払《せきばら》いすると、真弓はハッと我に返って、「で、窓から外を見たんですね？」

「ええ。十分ぐらいたってからだったかしら。――こわごわ外を覗くと、ちょうど、山崎さんの家が潰れているのが……」

「それから一一〇番なさった」

「そうです。――何が起ったのか、さっぱり分かりませんでしたわ」

「あの靴は、ご覧になったんでしょ？」

「ええ。朝になってから、近くへ行って。――どういうことなんでしょ？」

「怪獣が、靴はいて来たのかもしれませんね」

と、真弓は言った。「山崎さんとは、お付合いが？」

この問いに白石文江はちょっと困ったようだったが、やがてためらいがちに言った。

「たぶん――ご近所でお訊きになれば分かることだと思いますから、申し上げますわ。山崎さんとは、口もききませんでした」

「仲が悪かった？」

「ええ。庭の間の柵、ご覧になりました？　あんなに高いのを作って……。いやがらせなんですわ」

「じゃ、お宅を、特に嫌ってたんですか」

「あの人は変ってました。このご近所でも、みんな敬遠していたんです。ただ、うちは特に……」

「どうしてです？」

「この辺の一帯を開発して、家を売ったのが、主人の勤めている会社だからですの」

「ご主人の？――じゃ、何か気に入らなかったんですか」

「開発が遅れたんです。商店ができるとか、バスが通るとか。最初の計画から、一年近く遅れてしまって」

「でも、ご主人のせいじゃないでしょう」

「そうなんです。でも、何しろ隣にいるものですから、何かと苦情を全部ここへ持ち込んで来るんです。それこそ、夜中に叩き起こされて、びっくりして飛び起きて出ると、山崎さんで、『換気扇《かんきせん》の調子が悪くてうるさい』と、こうなんです」

「ひどいですね」

「主人も頭に来て、ケンカになり……。それで、口もきかなくなってしまいました」

「ここにはご主人と二人で？」

「今は私一人です。主人は大阪に一人で行っていますの」

「ついて行かなかったんですか?」

「半年だけなので。わざわざ家を一軒借りることもないと言って」

その間に、セールスマンと浮気、というわけだ。

「それに、ここに越して来て、まだ半年しかたっていませんの。ご覧の通り片付いていなくて」

真弓は、細かいことを少し訊いてから、立ち上がった。

玄関で、靴をはきながら、

「——でも、このお宅、外見より、ちょっと狭いですね」

と言った。

「ええ。子供が生れたら、一つずつ部屋を持たせようと思って、居間などは、小さくしたんです。窮屈でしたでしょう」

「いえ、そんなこと……。じゃ、失礼します」

——外へ出て、真弓は、もう一度、白石文江の家を眺めた。

「どうかしたんですか?」

と、道田が訊く。

「別に。――じゃ、今度は、被害者の未亡人と息子に会ってみましょ」

と、真弓は、歩き出しながら、言った。

淳一は、きれいに磨き上げた床で、滑らないように用心しながら、ショールームの中へと入って行った。

夜中ではない。ちゃんとしたオープン中の時間である。

「いらっしゃいませ」

モダンな制服の女性が、にこやかに微笑みかけてくる。「――どうぞごゆっくりご覧下さい」

「ありがとう」

淳一は、肯いて見せ、ゆっくりと、ショールームの中を歩き始めた。

色々なタイプの家の模型が、内部を見えるように、屋根を半分取り外した格好で並べてある。使われている壁、床、タイル、といった材料の実物見本も置いてあった。

淳一は、屋根を半分取り外した、その模型を眺めていたが、やがて、

「――なるほど」

と、呟いた。

「あの――」

と、係の女性が、声をかけて来る。「何かお手伝いできることがありますでしょうか?」

淳一を見て、果してこれは、本当に家を建てる気のある客か、それともただの冷やかしかと考えていたのだろう。どうやら、「客」の中へ分類されたようだ。

「ちょっとね……」

淳一は、大して熱心でない口調で言った。

こういうとき、あまり飛びつくように答えないのが本当の客である。そうでないと、ここで注文しなくてはならないはめになるからだ。

「どの程度の広さのものをお考えでいらっしゃいましょう?」

「うん、まあ――大して広くなくていいんだ。どうせ女が一人で住むんだから」

「お一人で……」

「うん。ま、親戚《しんせき》の娘なんだがね」

こいつは、若い愛人を囲う気だな、と思われる言い方である。

「さようでございますか」

女性の目が輝いている。この手の話は大好物なのである。

「いや、この間、いいのを一つ見てね」

と、淳一は言った。「知人の家へ招《よ》ばれて行ったんだが、なかなかいい造りで、気に入ったんだ。訊いてみると、ここの住宅だというんでね」

「それはありがとうございます」

淳一は、並べてある、色々なタイプの模型を見ながら、ゆっくり歩いて行った。係の女性も、くっついて来る。

「――どうも、ここにはないようだな」

と、淳一は首を振った。

「さようでございますか。こちらで一応、全部のタイプは揃《そろ》っておりますが……。多少、細かい部分では、変更もございます」

「いや、似たようなのもないね」

「大分前のタイプでございましょうか？　でしたら、もう作っていないということも――」

「いや、一年前に建てたばかりだよ」

「さようでございますか。どちらの方でご覧になりましたか？　お調べいたしますが」

「〈×ヶ丘〉という所だよ。お宅で開発したんだろ?」

女性の顔から、ちょっとの間、笑みが消えた。——が、すぐに元通りにこやかに、

「すぐにお調べいたします」

と言うと、ドアを開けて、奥の方へと入って行く。

淳一は、素早くそのドアが閉まるより前に駆け寄って、手でドアを止めた。

もちろん、こういうときでも、足音のしない靴をはいているのだ。

廊下がのびていて、そのドアの一つに、係の女性が入って行くのが、チラッと見えた。

あそこか。——淳一は、肯くと、そっとドアを閉めた。

また、中をぶらついていると、五、六分して、係の女性が戻って来た。

「お待たせいたしました」

「やあ、すまないね。——分かったかい?」

「はい。申し訳ございませんが、あのタイプは、生産中止になっておりまして」

「中止?」

と、淳一はいぶかしげに、「何か問題でもあったのかね?」

「いえ、そうではございません。材料費が上がりまして、あのタイプでは、とてもお

高くなってしまいますので……。大変いい造りで、評判も、とてもよろしかったのですが、残念ながら……」

「残念だね、そりゃ」

と、淳一は首を振って、「僕は絶対にあれがいいと思って、あの子にすすめたんだが……。じゃ、またあの子の好みを訊いてみよう。——手間をとらせたね」

「いいえ、とんでもございません。ぜひまたお越し下さい」

「ありがとう」

淳一は、ショールームを出て、呟いた。

「また、来させてもらうよ。すぐにね」

3

「主人のことですか」

と、山崎泰子《やすこ》は、あまり気のない口調で言った。

「今、犯人を逮捕すべく、努力いたしておりますので——」

と、真弓は言った。

「いえ、結構ですよ」

と、山崎泰子は言った。

「主人は変ってましたからね。あんな変った死に方をしたので、本人も、きっと満足でしょ」

「――は？」

「はあ……」

しかし、それだからといって、じゃ、捜査をやめます、というわけにはいかないのである。

小さなマンションの一室。――いや、マンションとは名ばかりで、要するに、少し大きめのアパートなのである。

山崎泰子は、五十代の末のはずだが、いやに若い格好をしている。その格好と逆に、当人は、老け込んだ印象を与えるから、どこか気味が悪い。

「息子さんは正孝《まさたか》さんでしたね」

と、真弓は訊いた。

「はい。今、会社へ行っております。とてもいい子でしてね。会社からも時々心配して電話してくれるんですよ。母親を一人で置いとくのが心配なんでしょうね。今の若い人と来たら――」

「あの、ご主人のことですが」

真弓は強引に割って入った。この手の相手とは、こういう風にしないと、話ができない。

「殺されるような、何か理由は思い当られますか?」

「いくらでも」

と、あっさり肯いて、「私も息子もその一人ですね。お隣のお宅の白石さんも、三軒離れた太田さんも――」

「ちょっと――ちょっと待って下さい」

真弓はあわてて言った。「奥さんや息子さんも、ですか」

「やっちゃいませんけどね」

と、泰子は言った。「私も正孝も、そういう野蛮なことはいたしませんの」

「はあ……。しかし、何か、そういう原因が?」

「もちろんです。夫は横暴でした。特に正孝を殴ったりしたんです」

「息子さんを? じゃ、親子喧嘩《げんか》ですか」

「いいえ、一方的にです」

「息子さん——おいくつですか」

「今年三十です」

「三十歳の息子さんを？」

「いえ、殴ったのは二十五年前です」

じゃ、五歳ということになる。——真弓はわけが分からなくなった。

「——変な家庭」

と、マンションを出て、真弓はホッとして呟いた。

「失礼します」

と、男の声がした。

「はあ？」

「刑事さんですね。母の所へみえた」

「山崎正孝さん？」

「そうです。——ちょっと、お話がありまして」

見たところ、確かに三十歳という印象の、ごく普通のサラリーマンである。

二人は、近くの喫茶店に入った。

「母の話には、びっくりなさったでしょう」

と、山崎正孝は言った。

「お母様は……」

「僕のことになると、夢中で。父が偏屈な人間だったせいか、息子の僕に、全部の愛情を注いだんです」

「それで、あんな風に。——お父さんのことですけど、犯人の心当りは？」

「よく分かりませんね」

と、山崎は首を振った。「父は確かに、変り者でしたが、人との付合いはほとんどありませんでしたから、却って、恨まれることはなかったと思うんです」

なるほど、それは理屈だ、と思った。ただ敬遠されるのと、殺したいほど憎まれるのでは、大きな差がある。

「別居されたのは、どうしてですか」

と、真弓は訊いた。

「一つには、父が出て行けと言ったんです」

「というと、お母様とケンカでも？」

「そうじゃありません。もうこの何年かは、お互い、ケンカするほども、口をきいちゃいませんでしたよ」

して」

「良く分からないんです。何の説明もしないで、『この家にいてはいかん』と言い出

「じゃ、なぜですか？」

「で、本当に言われる通りに、出ちゃったんですね」

「そうです。理由を訊いても、説明してくれるような父じゃありませんからね」

妙な話だ。――父親の言う通りに出て行ってしまう方も、変っているが。

「それに、母も、あそこから離れたがってたんです」

「それはなぜ？」

「僕のためです」

と、山崎は言った。「――これは、内緒にしていただきたいんですが」

「もちろん、秘密は守ります」

と、真弓は肯いた。

「実は――隣の白石という家があるでしょう」

「ええ。お父さんとは、仲が悪かったようですね」

「あそこの奥さんと、僕は愛し合っているんです」

真弓は愕然《がくぜん》とした。

「――白石……文江さん？」

「そうです。あちらはご主人が忙しくて、冷たい人らしいんです。で、僕も、いつも母がついていて、女性と付き合うなんてことはできなかったんです。その二人が、互いにひかれ合って……」

「はあ」

気持は分かる。しかし……。

「母は、それに薄々気付いていましたから、僕をあの家から、少しでも遠ざけたいと思ってたんです」

「今、白石文江さんとは？」

「ええ、時々、外で会っています。昼間、仕事で外に出ていることが多いので、電話して待ち合わせるんです」

「じゃ、今でも愛してらっしゃるんですか」

「もちろんです！」

と、山崎は力強く肯いた。

白石文江が、セールスマン相手に遊んでいた、とは言いにくいムードだった。

「もう、わけが分かんない」

と、真弓はカンシャクを起こしそうになっている。

「落ちつけよ。ものごとにゃ、何か必ず理由があるもんだ」

と、淳一は、居間のソファで、のんびりくつろいでいる。

「そうよ！　理由はあるわ」

と、かみつきそうな顔で真弓は言った。「もとはと言えば、あなたがあの靴のお化けを盗んだのが原因じゃないの！」

「分かってるよ」

と、淳一は平然としている。「だから、俺も責任を感じて、手がかりをつかもうと努力してるんじゃないか」

「へえ。――で、何かつかめたの？」

「お互いの仕事には口出ししないのが約束だろ」

真弓はプーッとふくれて、

「そういう冷たいことを言うのなら、私、決心したわ」

「どうするんだ？　出て行くのか？」

「一生、ここにいてやるわ！」

真弓は淳一の膝《ひざ》の上にドカッと居座った。

「いてて……。おい、少し太ったんじゃないのか？」

「あなた、体重計なの？」

と、真弓は訊いた。

「体重計にどうして抱きつくんだ？」

「少しでも軽くしてほしいからよ」

――軽くなったかどうかはともかく、三十分後には、真弓の気持だけは大分軽くなったようだった。

「今夜はちょっと出かけるぞ」

と、淳一が伸びをして言った。

「仕事？」

「まあな。何か、今度の一件の鍵《かぎ》がつかめるかもしれない」

「へえ。――こっちは鍵どころか、ドアも見付けられないわ」

「そんなことはない。肝心のことが見えないだけさ」

「肝心のことって？」

「あのでかい靴に、気をとられすぎてるんだ。もちろん、それが犯人の狙《ねら》いだけどな」

「じゃ、何だっていうのよ？」

「結果を見るんだ。事実の方をな」

「事実って——」

真弓は肩をすくめて、「山崎不二夫が殺されたってことだわ」

「それもある」

「他《ほか》にも、何かある？」

「ああ。人を殺しただけじゃあるまい」

「そりゃ……家も壊れたけど」

「そこだ」

淳一は立ち上がった。「そいつを確かめに行くのさ」

真弓は、諦《あきら》めて、

「行ってらっしゃい」

と手を振った。

「もう一つ、忘れちゃいけないぜ」

と、出て行きかけて、淳一が振り向く。

「何を？」

「靴は一組あった。つまり、もう片方が残ってるってことだ」

――淳一が出て行くと、真弓は、ポカンとして、

「まさか……また、『ジャックと豆の木』の巨人が出て来るっていうの？」

と、呟いた。「そんな馬鹿な！」

真弓は欠伸をして、ベッドルームの方へと歩いて行きかけたが……。

思い直して、居間の電話を取る。

「もしもし。――道田君？　私よ」

「あ、真弓さん！」

電話の向うで、眠そうだった道田の声が急にパッと明るくなる。

「寝てたの？」

「あ、いえ――ちょっとお風呂《ふろ》へ入ってたら、うとうとして」

「溺《おぼ》れないでよ。大丈夫？」

「すみません、こんな格好で」

「見えやしないじゃないの。――あのね、例の殺しだけど」

「何かつかめましたか？」

「あの靴のもう片方が、残ってるわよ」

「——は？」

「分からない？　つまり、同じような事件がもう一度起る可能性があるってことよ」

「そ、それは考えませんでした」

「だめね、そんなことじゃ」

と、真弓は平然と言ってのけた。「ともかく、あの辺を見張る必要があるわ」

「分かりました！　じゃ、これから早速——」

「そうしてちょうだい」

「お迎えに行きます」

「ちょ、ちょっと待って！」

真弓はあわてて、「私、疲れてるのよ。だから、道田君が一人で——もしもし！」

もう、電話は切れていた。真弓は、ため息をついて、

「かけるんじゃなかった」

と呟いた。

淳一にとっては、朝飯前の仕事である。

とはいえ、簡単な仕事のときに手を抜かず、むしろ慎重にやるのが、プロというものなのである。

ショールームへ入るのは、いともたやすかった。もちろん、今は夜中なので、係の女性はいない。

TVカメラが一応、上の方からにらんでいたが、淳一は事前に調べて、あれがただの「飾り」に過ぎないのを知っていた。

かなりそういう出費はケチる会社らしい。

淳一は、奥の廊下へと入って行き、あの女性が入って行ったドアを開けた。

資料室とでもいうのか、要するに、デスクとキャビネットが並んでいるだけの、殺風景な場所である。

淳一は、引出しやキャビネットには、目もくれなかった。目指すは金庫だ。

金庫は、一応、かなりがっちりしたものである。しかし……。

「万が一、ってこともあるからな」

淳一は、金庫の周囲を見た後、扉をぐいと引いてみた。——開いて来た。

呆れたもんだ。鍵をかけ忘れて帰ってしまっている。

だらしのない会社というのは、えてして、こういうことになりやすいのである。

淳一は、腕のふるいようがなくて、つまらないぜ、と呟きながら、中を探った……。

4

「おい」

と、男が言った。「玄関の方で音がしなかったか?」

「そう? 気のせいよ」

白石文江は、大して気にもとめずに、言った。

「びくびくしてちゃ、面白くないじゃない。ねえ……」

文江はベッドの中で、男の肌に手をのばした。——この人、誰だったかしら? 夫じゃないのは確かだし、山崎でもないし……。そう、保険のセールスマンだった。車だったかしら?

どうでもいいわ。男だってことだけは確かだから。

「いきなり亭主が帰って来て、殴られるんじゃ、たまらないからね」

と、男は文江を抱き寄せながら言った。

「大丈夫よ。主人は、帰って来るときは必ず前の日に電話して来るから」

文江は、甘えるように男の胸に、頰《ほお》をすり寄せた。

「そうか?」

と、突然声がして、寝室の明りがついた。

「キャッ!」

文江が叫び声を上げて、飛び起きる。「——あなた!」

「前に電話しなくて、悪かったな」

と、白石は言った。

男が、あわてて服を着ると、ネクタイや上衣《うわぎ》をつかんで、

「どうも——失礼します」

と、頭を下げながら、こそこそと逃げ出して行く。

白石は、冷ややかな目で、ベッドの文江を眺めると、

「がっかりさせるなよ」

と言った。「どうせなら、もう少し骨のある奴と浮気しろ」

「あなたが——」

「今はどうでもいい。それどころじゃないんだ」

白石は、投げつけるように言った。「服を着ろ。話がある」

文江は、急いで服を着ると、居間をおそるおそる覗き込んだ。

「何してるんだ。――ここへ来い。何もしやしないよ」

白石は、タバコに火をつけた。

文江は、ソファに腰をおろすと、

「何か、あったの？」

と訊いた。

「うむ。――リストが盗まれた」

「リスト？」

「例のリストだ」

文江は、目を丸くして、

「じゃ、あの……。本当に？」

「嘘《うそ》をついてどうするんだ。盗んだ奴から、リストを買い戻せと言って来たらしい」

「まあ」

「一億だ」

「一億円？」

「今のうちの社にゃ大金だ。しかも、経費で落すというわけにもいかない」

「どうするの？」

白石は、黙っている。――文江の顔から、血の気がひいた。

「また……やるの？」

「仕方ない」

「でも、目立つわ」

「心配ないさ。――奴は、取引の場所をこの隣、と指定して来てるんだ」

「お隣？　じゃ山崎さんの――」

「そうさ。そこの庭だ」

「でも、どうしてかしら？」

「さあね。リストで見たんだろう。いや、それより、その隣を見て、気が付いたのかもしれない」

「でも、そんなの誰にも気付かれっこないって、あなた、言ったじゃないの」

「気付いた奴がいるんだ。仕方ないさ」

白石は肩をすくめた。「ともかく、明日の深夜、二時にその庭だ。――こっちも準備しとかなくちゃな」

「分かったわ……」

白石は、じっと妻を見つめて、

「あいつとはどうなってるんだ」

と言った。

「え?」

「山崎のところの息子さ。分かってるんだ」

文江は、目を伏せた。

「ほんの——弾《はず》みだったのよ」

白石は笑った。

「弾みか。便利な言葉だな。時々、セールスマンと寝るのも弾みか?」

「そんな風に、ネチネチいじめないでよ」

「いじめちゃいない。——いじめる気にもなれんよ」

白石は、疲れたように息をついた。「いいか、俺とお前は『共犯者』だ。その点では、運命を共にするんだ。分かってるな」

「ええ……」

「よし。——俺は油をさして来る。何か食べるものを作っといてくれ」

「分かったわ」

文江は台所の方へ立って行った。

白石が、一旦、出て行きかけて、思い直したように、台所へと入って行った。

「あなた――」

白石が、背後から文江を抱き締めた。「やめてよ。――あなた」

「弾みだよ」

そう言って、白石は笑いながら、文江を押し倒した。


「――道田君」

と、真弓は言った。

「はあ」

「人間はね、間違いを犯す動物なのよ」

「そうですね」

「でも、それを認めることができる動物でもあるわ」

「分かります」

哲学的な問答を交わしていたのは、車の中だった。

もう三日三晩、二人はこうして車の中で過しているのだ。

別にキャンプしているわけではない。例の山崎の家の辺りを、見張っているのである。

淳一の一言が気になって、やってきた真弓だが、いつ何が起るのか、さっぱり分からず、かつ、起るかどうかも分からないのでは、見張る方も元気が出なくて当然であろう。

「――今、何時？」

「二時ですね、もうすぐ」

「昼の？　夜の？」

窓の外を見りゃ分かるのである。当然、夜中だった。

「――ねえ、今日は一旦帰りましょうか」

と、真弓は言った。

「そうですね。明日でもまた……」

「課長が出してくれりゃね」

課長は、二人が役にも立たない張込みをしているので、かなり頭に来ている。

「じゃ、ともかく帰りましょ。事件の方には、今日は起らないでくれ、と言っといて」

「はあ。——じゃ、一応最後の見回りを」

「そうしましょう。二人で仲良くね」

「はい！」

道田も、現金なもので、急に元気になる。

二人して車を出ると、人がまるで通らない夜道を、歩き出した。

まだ家が少ないせいか、ともかく、信じられないほど静かである。

「そうだわ」

と真弓が言った。

「何です？」

「こんなに静かで、平和な所で、事件なんて起るわけないわ」

真弓は非論理的な説を主張した。「もう帰りましょうか」

——要するに、面倒くさいのである。

二人は、ちょうど、山崎の家の前に来ていた。——街灯の明りも充分でないので、いやに暗い。

壊れかけた家は、そのままになっていて、そこだけ見ていると、まるでゴーストタウンみたいだ。

「——何の音？」

と、真弓は言った。

「え？」

「今、何だか、ゴトゴト音がして……」

「僕のお腹《なか》かもしれません」

「全然違う方向から聞こえたわよ」

と、また、ガタガタ、と今度はかなりはっきりと聞こえて来た。

「——隠れて」

やっと刑事としての意識に目覚めた（？）真弓は、道田の腕を引っ張って、暗がりの中へと身をひそめた。

「何でしょう？」

「どうも、隣の家みたいね」

白石文江の家から、音が聞こえる。——真弓は、あれ、と思った。何だか家の形が、少し変っているような……。

「見て！」

と、真弓が目を丸くした。「屋根が動いてる！」

そうだった。庭の方へ面した屋根が、ゆっくりと、蓋《ふた》でも開けるように、持ち上がっているのだ。

「――天文台でもあるんでしょうか」

と、道田が言った。

「まさか……」

屋根が開くと、その中から、何か、妙なものが頭を出した。

「怪獣だ」

と、道田が言った。

「馬鹿言わないで」

スーッと突き出て来たのは、どうやらクレーンのアームらしい。

そして、その先から、ぶら下がっていたのは……。

「靴だわ！」

と、思わず真弓は大声を出してしまった。

そう。それは、間違いなく、あの巨大な靴の片方だった。

真弓の声が聞こえたらしい。アームが、ぐっと伸びると、ゆっくり回転して、真弓と道田の頭の上へとやって来た。

呆気に取られて見上げている二人へ、

「逃げろ！」

と、声が飛んで来た。「潰されるぞ！」

淳一だった。真弓は我に返って、

「逃げるのよ！」

と叫ぶと、道田を置いて駆け出した。

道田もワンテンポ遅れて、駆け出す。

と——クレーンのワイヤーが、一気に緩められたのだろう、巨大な靴が、二人が隠れていた場所へ、地響きをたてて落ちて来た。

それは、本当に巨人が足で踏みつけたようだった。

そのショックで真弓と道田は、道でひっくり返ってしまった。

再び、ワイヤーが巻き上げられて、靴が持ち上がる。

「また来るわ！」

真弓は、あわてて立ち上がった。

「待って下さい！　僕一人では死にたくありません！」

「私を道連れにする気？」

と、もめていると、

「――見ましたね」

と、女の声がした。

白石文江が、立っていた。手に散弾銃を持って、銃口は真弓たちの方へ向いている。

「あなたは……」

と、文江は言った。

「お二人とも、巨人の靴に踏み潰されて、死んでいただきますよ」

アームが動いて来て、靴が空中でピタリと止る。

「お気の毒ですけど」

と、文江が言った。

靴が、落下する。――ドン、と太鼓を叩くような音がした。

真弓と道田は、ペチャンコに――なってはいなかった。

靴は、目の前に落ちていて、その下から、散弾銃を持った文江の手が出ていた……。

「――文江！」

と、駆けて来る男がいた。「文江！　何てことだ！」

その男は、文江が靴の下敷きになっているのを見ると、真っ青になって、その場に座り込んでしまった。

「白石さんですね」

真弓は、やっと立ち上がって、言った。「お話をうかがいますよ」

しかし、白石は、真弓の声がまるで耳に入らない様子で、ただ呆然《ぼうぜん》と、その場に座り込んでいるだけだった……。

「じゃ欠陥住宅だったのね」

と、真弓が言った。

「そうさ」

淳一は、肯いた。「ただ山崎老人を殺すだけなら、あんな馬鹿げた手間をかける必要はない。だから、あの老人を殺すだけじゃなくて、あの家も壊しておきたかったんだ、と思ったのさ」

「よほどひどい欠陥だったのね」

居間で、真弓はバスローブ一つで寛《くつろ》いでいる。淳一は、仕事帰りのスポーティなスタイルだった。

「あの一帯に使ったタイプが全部、次々に欠陥が見付かったんだ。他は何とか、部分的な補修で済ませたが、あの家だけはだめだった」

「で、何とかしようと――」

「山崎老人は、昔、建築の仕事をしていたらしい。家の欠陥を見抜いていたんだな。だから、奥さんと息子を出て行かせた」

「理由を言えば良かったのに」

「頑固なのは事実だったんだろう。白石は、会社の命令で、隣の家を買って住んだ。何かあったときに、すぐ分かるし、たぶん、あの家を買い取りたかったんじゃないかな。欠陥住宅を作ったなんて分かると、会社の方は大変なことになる。しかし、あの老人は、頑として応じなかった」

「どうして、あんな所にクレーンを入れといたのかしら？」

「万一、あの隣の屋根に何かあったりしたら、すぐ対応できるように、と。計算のミスで、屋根が落ちる可能性もあったというんだからな」

「ひどいもんね」

「しかし、老人は白石の話に耳を貸さない。隣で見ていて、白石は、もう危ない状態だということが分かった。――何とかしないと、自分のクビが飛ぶ。そんなとき、ふとあの大きな靴を見て、この計画を思い付いたんだ」

「でも、白石は、大阪へ行ってたんでしょう？」

「あの件は、あくまで、部内での秘密だったから、転勤の命令には逆らえなかったのさ。その間、妻の文江が、隣の様子を見ていた」

「あんな大きなものを隠してたんじゃ、家も狭くなるわけね」

「しかし、思い切ったことをやったもんだ」

白石は、クレーンの先に、開閉するツメをつけて、重いコンクリートのブロックをそれで靴の中へ入れ、靴ごと、山崎の家へ落としたのだ。その後、コンクリートだけを、ツメで挟んで、持ち上げたのである。

「でも、あの靴のおかげで、ごまかされたわね。何もなければ、隣の家を疑ったでしょうけど」

「俺は初めから疑ってたぜ」

と、淳一は言った。

「偉そうに！」

と、真弓は、淳一に身を寄せて行った。「――でも、あの男、どうして奥さんの上に落としちゃったんだろ？」

「機械の方が、微妙に狂ってたのかもしれないな」

と、淳一は澄まして言った。

「そうね。――あなた、分かってたから、助けに出て来なかったんでしょ!」

と、淳一をにらむ。

「どうかな」

「あなたは、何をしてたの?」

「商売さ」

「どんな?」

「単純な取引だよ。こっちが売り、向うが買う」

「じゃ、お金が入ったの?」

「大分値切られたがね」

「だらしないのね」

「この一件が解決しちまうと、成立しない取引だったんだ」

と、淳一は言った。「どうせ悪どく稼いだ金をいただいただけだ。――どうだ? どこかに旅行でもするか」

「いいわね! でも、留守の間に、ここが巨人に踏み潰されてたら、どうする?」

「いいさ。道田君を留守番にしときゃ」

「そうね！」

二人の意見は一致し、そのころ、道田刑事は、派手なクシャミをしていたのだった。

宝生麗子と執事影山による解説？

東川篤哉《ひがしがわとくや》

東京は国立《くにたち》に堂々たる佇《たたず》まいを誇示する宝生邸《ほうしょう》。そのとある一室。いわゆる《お嬢様ベッド》と呼ばれる天蓋《てんがい》付きの寝台の上では、宝生家のひとり娘、麗子《れいこ》が寝間着姿で半身を起こしていた。傍《かたわ》らには、緊急事態の報《しら》せを受けて駆けつけた、銀縁眼鏡の似合う長身の執事の姿。

「どうなさいました、お嬢様。このような真夜中に、また事件でございますか」

「ええ、大事件よ、影山《かげやま》」麗子は真顔で訴えた。「全然、眠れないの！　どうにかしてちょうだい！」

「…………」影山は呆《あき》れた顔で息を吐く。「お嬢様、眠れない夜には読書などなさってはいかがでございますか。普段、滅多に本をお読みにならないお嬢様には、特に効果的かと存じますよ」

「ふーん、なんか凄《すご》く馬鹿にされたような気がするけど、悪くない考えだわ、じゃあ、影山、あなたのお勧《すす》めの本を持ってきてちょうだい」

「それでしたら、ちょうどお嬢様にぴったりの本がここに」影山は胸のポケットから一冊の文庫本を取り出した。「赤川次郎《あかがわじろう》氏の《夫は泥棒、妻は刑事》シリーズの第四巻『盗みに追いつく泥棒なし』が新装版の文庫となりました。今夜はこれをお読みになってはいかがでございますか」

「ふーん、新装版ってことは昔の作品なのね。いつごろの作品なの？」

「はい。驚くべきことに、シリーズの第一作が刊行されたのは一九八一年だとか」

「一九八一年！　いまから三十年も前じゃないの。わたしが生まれる前だわ」

「単に昔というだけではございません。八〇年代といえば、いま我々が使用している家電製品や社会インフラなどは、いまとほぼ同じ程度に存在していた時代。東京の街並みを見ても、そこは高いビルが立ち並ぶ洗練《せんれん》された近代都市。それでいて携帯電話やパソコンに関しては、まだ一般には影も形も見当たらなかった――そんなわりと近くて結構遠い微妙な過去。それが八〇年代でございます。一方、我々が暮らす現代といえば、携帯電話さえもすでにスマートフォンに取って代わられ、紙の本も電子書籍に移行しようかという時代でございます。このような現代において、三十年前のエンターテイメント作品が読まれ続けること自体、そもそも稀《まれ》なこと。仮に読まれるとしても、そこにはどうしても時代のズレによる違和感が生じるものでございます。もちろん、そのズレを積極的に楽しもうとする読者もあることでしょう。つまりノスタルジーを感じるための読書。昔を懐かしむために復刊される書物——。ですが、赤川作品はそうではございません。いま読んでも、昔と同様に面白いのでございます。不思議なほどに三十年という時代の隔たりを感じさせません。これは、いかなる理由によるものと思われますか、お嬢様？」

「そんなの、判るわけないじゃない。ていうか影山、あなた年いくつなの!?　まるで三十年前にこの本を読んだみたいな言い方しているけど、そんなわけないわよね!?」

「も、もちろん、そんなわけがございません」影山は珍しく動揺を露《あらわ》にしながら、強引に話を戻した。「時代の隔たりを感じさせない理由。そのヒントは新装版の表紙にございますよ、お嬢様」

いわれて麗子は、手にした文庫本の表紙に目をやる。

「あら、可愛らしいイラストね。この娘が刑事なの？　とてもそうは見えないけど」

「その言葉、そっくりそのままお嬢様にお返しいたします」と影山は痛烈な皮肉。

実は麗子も国立署の刑事。まるで刑事っぽくない女刑事という点では同様である。

「判ったわ。時代を超える人気の秘密はキャラクターにあり。要するに、可愛らしい女刑事が活躍するミステリは、いつの時代も人気があるってことなんだわ」

「ある意味、正解でございます、お嬢様。しかしながら、可愛らしい女刑事は大抵の場合、事件を引っ掻《か》き回《ひ》すばかりで、それを解決する能力を持ちません。このシリーズの今野真弓《こんのまゆみ》刑事も、その点では役立たずのお嬢様と似たり寄ったりかと……」

「誰が役立たずなのよ、誰が！　これでも、あたしは役に立ってるっつーの！」

ベッドの上で麗子が叫ぶ。そんな彼女を執事は冷ややかに眺め、自論を続けた。

「このシリーズ最大の特徴は可愛らしい女刑事ではなく、むしろその夫。常に彼女の傍らで冷静に事件を眺め、推理を巡らし、時に身体を張って彼女を助け、そして事件を見事解決に導く名探偵――ではなく《名泥棒》今野淳一《じゅんいち》にあるものと思われます」

「あら、こっちはずいぶん男前ね。《名泥棒》って言葉は初耳だけど。――ん、でも待って、影山！」麗子はふと感じた疑問を口にした。「今野真弓は刑事よね。じゃあ、彼女はどうして目の前にいる泥棒を逮捕しないの？　職業倫理《りんり》が著《いちじる》しく低い女刑事なの？」

素朴《そぼく》かつ鋭い麗子の指摘《してき》。影山のクールな表情に再び動揺の色が浮かんだ。

「え……いや、それは……やはり夫婦ですし……いえ、もちろん泥棒はいけませんが……ふむ、確かになぜ……今野真弓刑事は正義感だけは強そうなのですが……」

答えに窮《きゅう》した影山は、「少々お待ちを」と麗子に断りを入れて携帯を取り出した。

「その疑問につきましては、徳間書店の大久保氏に直接問い合わせの電話を――」

「やめなさい、いま何時だと思ってるの！　ていうか、誰よ、大久保氏って」

いわれて影山は渋々と携帯を仕舞った。大久保氏への問い合わせは断念したようだ。

「まあいいわ。とにかく影山が勧める本だってことは判ったわ。でも、やっぱり駄目。だって、わたしは刑事よ。泥棒が活躍する物語なんて、たとえフィクションだとしても楽しむ気分にならないわ。だいいち、そんなのリアリティに欠けるもの」

「リアリティ!?　いま、お嬢様、リアリティとおっしゃったのでございますか」

影山は端正な横顔を歪《ゆが》めて麗子を見た。「失礼ながら、お嬢様がリアリティについて語るということは、天に向かって唾《つば》する行為に等しいのでは？　《リアリティの欠如《けつじょ》＝現実離れ》という程度の意味でしたら、《令嬢刑事》も《泥棒探偵》も似たようなものでございますよ」

「わ、わたしは現実離れしていないわよ。ちょっと浮世離れしたお嬢様ってだけだもの。でも泥棒が探偵ってのは、いくらなんでも……」

「あり得ない、とおっしゃいますか？　なるほど、確かに探偵する泥棒など現実にはあり得ません。ですが、その程度のことは作者の赤川氏自身も先刻承知のはず。むしろ、あり得ない設定であればこそ、通常ではあり得ない物語が書けるのではないかと、期待を抱《いだ》きチャレンジするのが作家というものでございましょう。そして、《あり得ない》という読者の固定観念を打ち砕き、それを《あり得るかも》《あってほしい》に転換するのがユーモアミステリという魔法でございます。この魔法を用いれば、一見して不可能と思える物語が一転して可能になる。そのことを多くの作品で実現し、世に知らしめたのが、赤川次郎氏という稀代《きだい》の魔法使いだったものと思われます」

「魔法使いじゃなくて作家よ、作家！」

麗子は慌てて訂正する。「でも、なんとなく判ったわ。赤川作品にはユーモアミステリという魔法が掛かっている。だからリアリティなど無くて結構。読者はしばし現実を忘れて作品世界を楽しめばいいってわけね」

「ああ！　お嬢様は一見賢そうに見えて、実際にはなにも判っておられません！」

影山は大袈裟《おおげさ》に天を仰ぐ。麗子は忌々しいとばかりに布団の端を握り締めた。

「なにがいいたいの、影山！　あなた、いまそういうふうにいったじゃないの！」

「いいえ、お嬢様。ユーモアミステリは、お嬢様がおっしゃるような単なる現実逃避の物語ではございません。そもそも、リアリティとはなんでございましょうか。この《夫は泥棒、妻は刑事》シリーズに、もし本当にリアリティが欠如しているのだとしたら、それこそ現代の目の肥《こ》えた読者が三十年に渡って支持し続けるはずがございません。逆にいうと、一見突拍子もない設定に思えるこのシリーズにも、その根底には特有のリアリティが存在していると見るべきでございましょう。ただし、それは警察機構や犯罪捜査の様子が詳細に語られる、といった種類のリアリズムではございません。犯罪に走る人間の心理が生々しく描写される、というものとも違います。赤川作品を貫くリアリティは、もっと我々庶民《しょみん》の身近な生活に根ざしたものでございます。お判りになりますか、お嬢様」

「えーと、《我々庶民》っていわれても、残念ながらわたしはそこに含まれないから、正直よく判らないんだけど……要するに、どういうことなのよ？」

「例えば、今野真弓を初めとする平凡な人間が悪戦苦闘しながら、必ずしも充分ではない知識や体力を駆使し、事件を乗り切ろうとする姿勢。かと思うと、殺人事件のさなかにあってお腹をすかせたりケンカをしたり愛し合ったり……。そういった等身大の登場人物の活躍と失敗の連続に、読者は共感し親しみを持つのでございます。そこには神の如き名探偵も、悪魔の如き犯罪者も存在いたしません。ただ読者の暮らす日常と地続きになった平凡な世界に、普通の人々が存在するばかり。赤川作品を支えるリアリティは、この読者との距離感の近さにあるものと見て間違いございません」

「ふーん。つまり一見現実離れした物語だとしても、読者との距離は離れていないってわけね」

「はい。そこは大変重要なポイントでございます。おそらくは、デビュー以来三十年以上の間、もっとも読者に近いところで物語を作り続けてきた作家が、赤川氏であったはず。そんな赤川氏のシリーズキャラクターが、長年読者から愛され続けているというのは、いわば必然というべきであり……ああ、そうか、なるほど！」

その瞬間、影山の銀縁眼鏡の奥で、怜悧《れいり》な眸《ひとみ》がキラリと輝いた。「お嬢様、この影山、先ほどの難問に対する答えを、ようやく見つけることが出来た気がいたします」

「先ほどの難問？　ああ、『真弓はなぜ目の前の泥棒を逮捕しないのか？』ってやつね。へえ、本当に判ったの？　じゃあ、わたしにも判るように説明してちょうだい」

「承知いたしました。『真弓はなぜ目の前の泥棒を逮捕しないのか？』。理由は実に簡単なこと。要するに『読者がそれを望まないから』でございます。きっと読者は愛し合う二人の活躍をこれからもずっと楽しみたい、そう思っているに違いありません」

「なるほどね！　妻が夫を逮捕しちゃったら、話の続きが読めなくなるもんね！」

ようやく納得した麗子は、手にした文庫本の表紙を捲《めく》った。「もういいわ、影山。あなたのいうとおり、今夜はこの本を読んで寝ることにするから……おやすみなさい」

影山は胸に手をやり恭《うやうや》しく一礼した。「では、お嬢様、おやすみなさいませ……」

だが、それから数時間後――。

闇の中、鳴り響く寝室の電話。寝ぼけ眼《まなこ》で受話器を手にしたのは執事影山。そんな彼の耳に飛び込んできたのは、先ほどよりさらに不機嫌《ふきげん》な麗子の言葉だった。

「なんてことしてくれたのよ、影山！　あの本、面白すぎて、ますます眠れなくなっちゃったじゃない。命令よ、影山！　いますぐ続きを持ってきてちょうだい！」

「……はぁ」影山は自分の誤った選択を呪いながら、受話器を下ろすのだった……。

二〇一一年十二月

この作品は1989年6月徳間文庫として刊行されたものの新装版です。なお、本作品はフィクションであり実在の個人・団体などとは一切関係がありません。

徳間文庫

夫は泥棒、妻は刑事④

盗《ぬす》みに追《お》いつく泥《どろ》棒《ぼう》なし

〈新装版〉

2012年1月15日 初刷
2013年5月25日 2刷

著者 赤《あか》川《がわ》次《じ》郎《ろう》

発行者 岩渕徹

発行所 東京都港区芝大門二—二—二 〒105—8055
株式会社 徳間書店

電話 編集〇三(五四〇三)四三四九
販売〇四八(四五一)五九六〇

振替 〇〇一四〇—〇—四四三九二

印刷 本郷印刷株式会社

製本 東京美術紙工協業組合

ISBN978-4-19-893484-2 (乱丁、落丁本はお取りかえいたします)

徳間文庫の好評既刊

赤川次郎

真夜中のオーディション

役者の卵・戸張美里が友人の代役で受けたオーディション。それは奇妙なものだった。時間は夜中の十二時。場所はマンションの一室。そこで待っていた男からの指令は、十二年前に失踪したある娘になりすまし、母親の家を訪ねることだった。美里は不審に思いながらも持ち前の好奇心と役者根性から、仕事を受けてしまうが……。役者の卵がにわか迷探偵に!?　連作ユーモア・ミステリー！